JO ZIEGLER
2020
SPÄT•LESE•STORYS

Jo Ziegler inszeniert seine **SPÄT•LESE•STORYS** mit kreativer Leichtigkeit und einem schrägen Lächeln im Seitenblick, wobei reale und fiktive Elemente in Collage-Technik zusammenfinden und sich verdichten:

Jo Ziegler´s SPÄT•LESE•STORYS spulen sich ab auf einer Achterbahn mit Signalform, beginnend im traumluftigen
SCHREIBHAIN FÜR ZWERGE.
Weiterhin im verstörenden Demenzzustand des
EMIL ECKSTEIN
bis hin zum enervierenden
REPUBLIKFLÜCHTLING
DOKTOR MARCELLUS NARRAT
und endend im finalen
GADDADAVIDA.

INHALT

1

SCHREIBHAIN FÜR ZWERGE

Mich aus dem Feuer des Foyers zu retten, war eine logistische Meisterleistung. Dass ich überhaupt meinen Weg ins Foyer des Literatur-Cafés gefunden habe, war ebenfalls eine logistische Meisterleistung – natürlich meinerseits! Das sieht die übrige Zwergenbrut zwar anders in ihrer Einfalt – na und?

Da vernehme ich Gezischel:
Watt fürn alten Eschek.
Aha!
Demnach kommt das juvenile Koddermaul aus der Mitte von WIR, kommt aus dem Ruhrgebiet, steil und geil. Ist ein Zwergenflüchtling aus Kleinasien, dem das deutsche Wort für Esel noch nicht untergekommen ist. Er macht Mundmische, die mir ganz besonders auf die Zipfelmütze geht, mir, dem Lit-Zwerg!
Ha!
Sehr wohl gilt mein Beritt dem *kreativen Schreiben,* wobei ich eine besondere Einheit aus Naturwissenschaft, Poesie und Raserei herstellen will, und wobei ich die Maske abwerfe, die ich nie anerkannt habe. Ich lasse meinen aufwieglerischen Gedanken freien Lauf, ich denke, denke ohne Feigheit und ohne Vorbehalte. *Kreatives Schreiben* und das Arbeiten mit der Phantasie fallen weder vom Himmel noch sind sie angeboren. Phantasie kann trainiert und Schreibtechniken sowie Schreibstile können erlernt werden. So ist das! Diese Breitseite muss ich dem soeben aufgepoppten Lümmel-Zwerg unbedingt stecken und lese ihm zur Einstimmung einen lustigen deutschen Lit-Satz mit leichter Zungenbrecher-Qualität vor:
»Ein Wiesel saß auf einem Kiesel inmitten Bachgeriesel.«

„Krass, Alda – what the fuck?"

»Die Gedanken sind frei.
Wer kann sie erraten,

4

Sie fliehen vorbei
Wie nächtliche Schatten.
Kein Mensch kann sie wissen,
Kein Jäger erschießen,
Es bleibet dabei:
Die Gedanken sind frei.«

„Und du, du schreibst jetzt in dein von Merklinde gesponsertes Ringheft, also du schreibst jetzt spontan auf, was dir einfällt! Kannst auch eine Zeichnung dazu machen! Im Foyer des Literatur-Cafés sind jetzt Ferien. Da ist beliebig viel Platz. Auch an der Bar. Kannst gerne ein paar Kumpels mitbringen. Dann mache ich einen eintägigen Workshop für euch. Pro Nase fällt die Gebühr von fünf Talern an. Die rollen aber nicht wirklich, sondern ihr arbeitet sie an einem Nachmittag im Garten meines urbanen Schreibhains ab. Überleg dir's! Für deinen Heimweg gebe ich dir noch den folgenden Vierzeiler mit auf den Weg:

»Schläft ein Lied in allen Dingen,
Die da träumen fort und fort,
Und die Welt hebt an zu singen,
Triffst du nur das Zauberwort.«

Du hast verstanden?"

„Muss mal twittern. Alda, wann kommen wir wieder zusamm'?"

„Nur wir beide?"

„Nein!
Wir sind zu fünft.

Und wir kommen um die siebte Stund'.
Ich bin von hier, aus der Mitte von WIR.
Ich zisch ein Pils.
Ich auch, meint Bruder Necmettin.
Er kommt vom Norden her.
Sie sind vom Süden:
Serap, Sevim, Gülseren.
Sie bringen dir nur gute Mär.
Wir sind zu fünft.
Und kommen um die siebte Stund'!"

„Sehr gut!
Im Foyer geht's dann rund:
        Fangen wir zunächst mit einem kleinen Quiz an wie...
Erkennt ihr die Melodie? Nein, umgekehrt! Wer
Instrumentalist ist, greife in die Tasten oder Saiten oder
hole tief Luft. Falsett und Alt können sich warm singen
und der Rest soll die Lippen zum Pfeifen spitzen. Wir
suchen nämlich Laras Lied aus dem Film Doktor
Schiwago. Na, ich kann nichts hören! Nun gut, ich gebe
euch eine zweite Chance. Versucht es mit dem Lied der
Moritat von "Mackie Messer".
        Schon wieder nichts!
Wie wäre es mit "Für Elise" von Ludwig van Beethoven.
Wieder nichts! Seid ihr so unmusikalisch oder erinnert ihr
euch nicht – oder...?
Gut, wir senken das Niveau. Gebt das Titellied von "Easy
Rider" wieder. Ich glaube, ganz hinten links, das war
richtig, da regt sich "Born to be wild".
Na endlich, wir sind angekommen! Wir sind wild...Und
wir sind reif, reif für einen kreativen quirligen Text, der
verhext.

Einen Moment mal eben!
Zwerg Donnerschlag-Neumann quirlt mich an. Er textet
megafix und lurifix:
Bin ins Pilzmycel gerutscht.
Habe dran gelutscht.
Windhundrennen.
Wunderbar!
Aaah! Jetzt ist meine Zeit gekommen.
Nächtens will ich mit dem Engel reden.
Dem Bengel-Engel.
Dem Luzifer.
Und meine Rede denkt sich neu.
Will die Sprache brechen.
Den Raben rabbeln lassen.
Die Asseln quasseln lassen.
Will Abbruchkante.
Will Abstich.
Will Höllenglut.
Will Innovation.
Will Stahltanz auf Anthraxglut.
Und überhaupt…
Bello.
Parabel.
Parabellum.
RatzFatzRattata!

Das ist Spitzenklasse!
So formuliert sich die Ausweitung der Lit-Kampfzone."

„Alda!
Wir wollen raus aus den Katakomben des Literatur-Cafés.
Wir wollen Raum. Wir wollen Ruhm."

„Gemach!
Wir switchen ganz geschwind ins Schrebergarten-Labyrinth: Ruhig lächeln wir in sommerlicher Rund‘, nachdem aus dunklen Sommerwolken Blitze fielen und noch fern der Donner rollt. Wir lüften die Hirnzellen. Wir weichen nicht aus. Wir sind schön zusammen.“

„Jippie!
Hinaufgerissen hat's uns in die kreative Wörterschmiede. Zwerg Escheks Lichtstrahl setzte uns in Brand. Wange an Wange sind wir hier zu Haus.
Und niemand nimmt uns von der Stirne diesen Traum.“

„Holla – Holla!
Jetzt wird's doller.
Ihr seid zu fünft, wie wahr.
An die Harke, an die Schere, an den Spaten, an die Schaufel, an die Sichel ‒ und was ihr erntet, dürft ihr essen.“

„Ein Sommertag an frischer Luft, jetzt knackende Holzscheite in der Feuertonne, unsere Bettchen in der Laube fein gemacht, also wirklich, das hat schon ein besonderes Geschmäckle.
Wir bleiben neugierig. Wir bleiben sitzen. Wir fallen nicht vom Ast.
Erzähl uns ohne Hast vom Geist, der dich hierhin gebracht!“

„Ein Botenvogel schnarrte mir die Mär.“

„Soso, und dann?“

„Als Lit-Zwerg ging an mich die Macht.
Bekam den Schrebergarten hier zur Pacht.
Und dachte hier an einen neuen Schreibhain pur – inmitten
gewachsener Kleingartenkultur."

„Absolut stark!"

„Diese Linie, in Gedanken weitergezogen, führt uns zum
Kleingarten als eine urbane Einrichtung und zu einem
Raum, der ein wesentlicher Bestandteil von Stadtkultur
ist."

„Absolut logisch!"

„Kultiviert werden im Garten Bäume, Blumen, Hecken,
Sträucher und Gemüse. Es ist eine postromantische
Annäherung an eine klassische Idee, wie sie Goethe in
seinem Verständnis von Ganzheitlichkeit vorgeschwebt
haben mag, als er in Weimar nicht nur wissenschaftliche
Untersuchungen durchführte, philosophische
Diskussionen und Zirkel organisierte, dichtete und malte,
sondern auch Gärten gestaltete und Parkanlagen anlegte."

„Absolut super!"

„Und es ging hurtig weiter:
Ich, Zwerg Eschek, der sogar im Dunkeln leuchtet,
verschickte Einladungen zuhauf. Künstlerinnen und
Künstler und einige Lit-Zwerge kamen dann zum
Ideenrichtfest an Sankt Killefit, um ihre Unterstützung der
Idee und ihr Interesse zu bekunden.
        So, mit meiner langen Litanei habe ich mir Fransen
an den Mund geredet! Ich verordne uns noch eine Runde

9

Honigwein und lege mich alsbald aufs Ohr. Auch ihr solltet baldigst eure Stecker ziehen, denn morgen in der Früh nehmen wir die Woll-Grenze ins Visier. Diese zu erklären, gehört sehr wohl zum sprachlichen Beritt. Gute Nacht!"

„Gute Nacht!"

„Und alle wieder aufgewacht!
Zack!
Zack!
Zitronengelber Himmel mit Zinnoberzack."

„Absolut krass!"

„Aufgepasst!
Ich hatte einen Traum:
Auf der Laube, dideldum, da tanzt ein Zwerg herum.
Rüttelt sich und schüttelt sich und begrüßt das Publikum.
Heute Puppenspiel und morgen Malerei.
Heute Lesung, morgen Tanz.
Heute Workshop, morgen Workshop, hopp und hopp.
So geht es weiter im Galopp."

„Ein Gruppenfoto ist jetzt angesagt."

„Und vorher gestalten wir ein Banner mit der Botschaft NEUGIERIG SEIN UND BLEIBEN!"

Ende ohne Ende

2

BLUMENSTRÄUßE AN DER WAND

Am vergangenen Sonntag war Muttertag im Wonnemonat Mai, als Konrad seinen Blumenstrauß an die lichte Wohnzimmerwand im Penthaus seiner Mutter nagelte. An die Wohnzimmerwand, wirklich?

Allerdings!

Doch zuvor hängte er Albrecht Dürers betende Hände in Messing ab, ein dreidimensionales Objekt aus Tauschhandelszeiten nach WWII, eine Devotionalie, die ihn schon immer an der hellen Wand neben dem Panoramafenster deregulierend touchierte – milde ausgedrückt – gleichwohl einher kommend im bizarren Ensemble einer schräg links darunter prangenden frühen Variante eines Ehrendolches mit Gehänge, wobei er häufig in unbeobachteten Momenten gemäß seiner Erinnerungen die linke Zeigefingerspitze über die abgrundtiefe Gravur am Schaft der Klinge mit dem Kürzel „No" gleiten ließ, was in offizieller Lesart „Nordsee" bedeutet, während vom Foto daneben sein verschollener Vater in Uniform durch ihn durchblickte.

In Konrads Einbildung steht „No" gleichbedeutend für „Nein". Also nicht tot! Sondern abhandengekommen – wie auch immer, und er sieht in seiner starken Imagination mögliche Halbgeschwister im hohen Norden leben, vielleicht im Verbund mit seinem Vater als greisen Mann, der möglicherweise bei keltischen Bräuchen und

11

Ritualen rund um Mittsommer, rund um Alban Heruin, nackend vor knackenden magischen Lustfeuern an abgelegenen Naturschauplätzen herumspringt und brennende Sonnenräder bergab rollt.

Da gibt es doch diese besondere CD, wo habe ich sie nur abgelegt? Eine Gold-CD mit Pop-Songs, in denen besonders Julie Driscoll's Song This Wheel's On Fire wie Zäpfchen abgeht. Ja, Julie Driscoll's Super-Song, den muss ich mir nachher wieder anhören!

Unbedingt, denn dieser Song kommt genauso eindrucksvoll einher wie das Pärchen, das gemeinsam übers Feuer springt und dem dabei eine lange und glückliche Liebe zuteilwird, sowie eingedenk weiterer Überlieferungen deren zufolge man in der Mittsommernacht direkt ins Reich der Feen gelangt, wenn man aus Versehen auf's Johanniskraut tritt oder gar in einem kleinen verwunschenen Kreis aus Steinen, Stöckern und Schleimpilzen dicht an die Grenzen der Geisterwelt gerät...

Konrad legte, ganz in Gedanken versunken, die betenden Hände auf dem darunter stehenden Nierentischchen ab, verschönerte sein gerade entstehendes Still-Leben mittels einer kleinen herzförmigen Muttertags-Torte, beiderseits flankiert von zwei dicken Duftkerzen, deren Chemieduft ihn leicht benebelte, während er beim Gang auf den Balkon gerade noch vernahm:

„Huch, meine Söhne finden immer wieder neue Wege, mich zu überraschen", ohne dabei die mögliche Überraschung seines Bruders am heutigen Muttertag in Betracht zu ziehen, und rastete einfach bei Frischluft im

Wonnemonat Mai in den dicken Polstern eines Korbsessels ein. Wie er denn zu seinem besonderen Blumenstrauß an der Wand gekommen sei?

Naja, darüber wird Konrad gleich gerne ausführlich berichten, doch vorab holt er eine der beiden Flaschen eines Mai-Urbocks aus dem Kühlschrank, wohlgemerkt nur eine, denn die andere ist für seinen Bruder bestimmt, der baldigst zum gemeinsamen Mittagessen erwartet wird. Während seines ersten langen Schluckes aus der Flasche, na ja – Zuhause ist Zuhause. Jedenfalls spült er vermittels seines ersten sehr langen Schluckes dieses Referenzbocks, an dem sich die ganze Konkurrenz erst einmal messen muss, so sein Credo, spült also Reste seines bereits bestens angedauten Mini-Frühstücks durch Magen und Gedärm. Seine besondere Frühstücksvariante, basierend auf einer Mehrkorn-Knäckebrotscheibe mit Magerquark, gedeckelt von einer Scheibe Gouda-Käse und diese wiederholt bestrichen mit Magerquark, damit es beim Abbeißen nicht quietscht – praxisnah herübergerettet aus seiner etwas länger geratenen Studentenzeit, während sein frühlingsfrischer Antrunk mit einem Alkoholgehalt von 6,5% Vol. nach blitzschnellem Blut-Alkoholaustausch den akuten Alk-Transport ins Hirn bewirkt, um dort seine Hirnzellen freizuschalten, ha!

Eine Synapse macht mit andere Synapse Kontakt, äh, so funktioniert die Kommunikation bei Nervenzellen! Jaja!

So radebrechte wer?

Richtig!

Ein kleinwüchsiger, quirlender südamerikanischer Exot,

Gastprofessor seines Zeichens. So tönte und nervte dieser damals im anatomischen Institut der Universität und „Santa Maria", das war keine Lobeshymne, kein Stoßgebet, nein, das war sein Name! Dabei höchst persönlich implantiert für die Dauer eines Gastdozentensemesters vom Institutsdirektor namens „Knoche" – exakt zusammenpassend wie die Faust auf's Auge.

„Konrad, du machst gerade einen etwas geistig abwesenden Eindruck!"

„Wirklich?"

Wiederholt genießt er den vollmundigen Abgang seines zweiten Schluckes aus der Grünglasflasche – wobei man wirklich die leichte Ethanolnote vergessen kann – jedenfalls ist er jetzt voll bei der Sache, denn jetzt ist Märchenstunde, pflanzliche Märchenstunde am Muttertag.

Für diesen Erzähltrip ist Konrad bestens gewappnet, denn er kann zurückgreifen auf seinen Fundus mehrerer intensiv abgeleisteter Semester in Biologie und Sozialwissenschaften vor dem Hauptstudium der Medizin und Zahnmedizin, mal abgesehen von diversen subversiv getätigten Seminaren in anderen Fakultäten und seiner Gasthörerschaft in den quirlenden 68iger Jahren am Frankfurter Institut für Sozialforschung – Mann, oh Mann, Konrad!

Wenn damals eloquente Geister und mentale Wegbegleiter von Rudi Dutschke wie Bernd Rabehl oder Hans-Jürgen Krahl, ja, wenn diese Hirnis damals ein angedachtes Alternativum zu ihren sozialistischen

14

Utopismus-Träumereien propagiert hätten und womöglich spontan eine grüne Öko-Partei ins Leben gerufen hätten, ja dann, dann wäre er damals voll eingestiegen, wäre Gründungsmitglied mit niedriger Hausnummer und heutigentags Grüner Minister, stellvertretender Grüner Minister oder zumindest Sprecher des Grünen Ministers, dabei begleitet von einem reinrassigen Rauhaardackel, einem Überdackel, der beim Pinkeln an Politikerbeine jedweder Couleur keinesfalls selektiert oder gar seinen Schwanz einzieht, während sein scharfer Uringeruch die Nation nachhaltig wach hält – so hirniert er summa summarum, lächelt in sich gekehrt und zieht gleichzeitig die Kopie eines Zeitungsartikels aus einem prall gefüllten DIN-A-Umschlag hervor mit den Worten:

„Pardon, also, wirklich, Mutter, meinen Rülpser musst du einfach überhören, denn da lässt gerade der Mai-Urbock persönlich grüßen!"

Konrad dehnt sich im Korbsessel und gleitet thematisch deregulierend ab, indem er spontan den ersten häuslichen Aufschlag seines Studienfreundes Hänschen memoriert, der damals während seines ersten Besuches im Penthaus seine Füße in der Kloschüssel badete – angeblich wegen seines impertinenten Fußschweißes. Nun, ja! Exakt ein Jahr später erlöste ihn Vivienne aus Paris von diesem Fimmel nebst seiner seltsamen Ambition eines Theologiestudiums in der Bischofsstadt Münster, während sie kiekste:

„Jacques Le Grand"!

Vermutlich aus gutem Grund, und dann, dann realisierten beide ihren gemeinsamen Lebensentwurf in Québec beim Studium der Architektur und später an der

École des Beaux-Arts in Paris, wo sie definitiv ihr Berufsleben zementierten. Immerhin, man hielt über die Jahre hin Kontakt, und seither stillt Konrad seinen Kunst- und Kulturhunger nebst seinem leiblichem Hunger ein bis zweimal im Jahr während eines mehrtägigen Besuchs bei ihnen und kann dabei einfach nicht genug bekommen, aus der oberen Etage ihres Pariser Stadthauswohnung das quirlende Leben mit Blick auf die Leopold-Sédar-Senghor Brücke in sich einzusaugen und, als er letztens mit einer Präzisionsoptik von Swarovski mit neuester Laser-Entfernungsmess-Technologie aufkreuzte, da lästerte Hänschen spontan, ob er denn das dazu gehörende Stativ für den Dauereinsatz vergessen hätte!

Auf jeden Fall kann man im international frequentierten VII. Pariser Arrondissement sehr wohl mit einem Solo-Feldstecher als Dernier Cris aufpoppen – et alors, pourquoi pas?!

Deswegen schlug Hänschen als Einsatzort einige Straßenzüge weiter das neu erbaute Musée du quai Branly vor, auch als *Musée des Arts premiers* oder *Musée des arts et civilisations d'Afrique, d'Asie, d'Océanie et des Amériques* bekannt und, genau dort, direkt vor dem Entrée, da sollte Konrads exorbitant teures Spielzeug seine wahre Premiere erleben, wobei ihn die ultimative Detailvergrößerung der Botanik ansprang und ihn beinahe in die von Patrick Blanc's realisierte Pflanzenwand hinein zog!

Sehr beeindruckend, diese Fläche von fast 800 m² mit lebenden hybridisierenden pflanzlichen Elementen in einer dicht bewachsenen Wand! Konrad war hin und weg und haspelte:

„Whow! Super!"
Und Hänschen sekundierte nach geschmeidig getätigtem Tausch des optischen Gerätes:
„Super! Whow!"

„Mutter, so hör doch! Da krächzt ein Rabe dreimal laut sein knarzendes Arrrgh-Arrrgh-Arrrgh. Hat der etwa gelauscht, gar spioniert oder begrüßt er zeitnah meinen Mai-Urbock-Rülpser?"

„Konrad, es reicht!"

„Ja doch, Mutter!"

Dennoch schüttelt Konrad spielerisch das restliche Drittel seines Mai-Urbocks in der Flasche, sieht hellen Schaum, der sich hinter dem Grüngras aufbaut, wieder zusammenfällt und sich baldigst mit dem Nüsel vermischt, dem definitiv verbleibenden Nüsel, mit dem man im nahen Rheinland sogar noch den Pott spülen kann – und zisch, so saugt er die Flasche leer, während er in seiner anderen Hand die Kopien vom Artikel der Zeitschrift Anthos aus 2010 schwenkt, in welcher „Pflanzenwände" beschrieben werden und woraus er nun diverse Details zitiert:
„Patrick Blanc verbindet Architektur und Fauna zu einem kreativen Zusammenspiel, basierend auf der bekannten Tatsache, dass Pflanzen schon seit Jahrhunderten an Häuserwänden wachsen. Mit weiter entwickelten Techniken, etwa den Haftgrund dieser „Pflanzenwände" betreffend, der aus einem grobmaschigen Gitter mit Bewässerungsrohren steht, werden diese senkrechten Beete mit den jeweiligen an das Lokalklima angepassten Pflanzen bestückt, die als Setzlinge in Schlitze des

17

Gitters eingebracht werden, wobei hier in Mitteleuropa winterfeste kleinwüchsige Büsche und vorzugsweise Efeu, Farne, Gräser, Moose oder wilder Wein zum Einsatz kommen, ähnlich wie bei der Begrünung von Dächern.

Grüne Wände finden neuerdings auch innerhalb eines Wohngebäudes Verwendung, wobei Tapeten, Fliesen oder strukturierter Putz in den Hintergrund treten. Dieser Trend hat sogar Potenzial für das Wohnzimmer, kein Scherz, Mutter, das meine ich wirklich, äh", während er bereits den nächsten Artikel vom "Einrichtungsforum" aus dem Umschlag nestelt und mittels eines Blätter-Raschelns den nächsten Pflanzenvorhang in Szene setzt:

„Kaum zu glauben, doch die Wissenschaft hat festgestellt, dass Pflanzenwände in Wohnräumen sich körperlich wie emotional auf die Bewohner auswirken, dabei für ein besseres Wohnklima, für Schadstoffabbau und Verminderung von Staubflug sorgen, die elektrostatische Aufladung verhindern, im Winter die Luftfeuchtigkeit erhöhen, im Sommer für Verdunstungskühle sorgen und sich sogar als Trennwände in größeren Bürokomplexen bestens bewährt haben und, bevor ich dir diesen Artikel überreiche, weise ich auf meine dort notierte provokative Anmerkung hin, nämlich:

Ist die grüne Wand die Eier legende Wollmilchsau im dritten Jahrtausend?"

„Konrad, verkaufst du mir gerade den komplexen natürlichen Wohnstil?"

„Komplex, ja, das passt!

Doch lassen wir einmal die Bürokomplexe mit ihrem Designfaktor beiseite und richten unseren Zukunftsblick jenseits von urbanem Schnick-Schnack oder anderen

18

kunterbunten Highlights inmitten eines propagierten "Schöner Wohnens" auf die "Real Things", auf die wahren Dinge, nämlich auf diejenigen mit einem allgemein wichtigen wie essentiellen und zukunftsträchtigen Potential, nämlich auf das "Vertikal Farming".

„Konrad, geht das auch in deutscher Sprache? Oder wachsen diese Pflanzen nur mit angereichertem Dünger in Form von Anglizismen?"

„Nun, ja, alle Begriffe der Zukunftstechnologie werden heutigentags in englischer Terminologie verfasst und global gehandelt und, da fasse ich mal kurz diesen drei Seiten langen Artikel mit dem Titel „Hightech-Farm im Wolkenkratzer" von Adam Durst im Magazin „Hydroponic" aus dem Jahre 2011 zusammen:

„Vertical Farming" auf Deutsch: „Vertikale Landwirtschaft" ist der aktuelle Begriff von Zukunftstechnologie, wo die Landwirtschaft in mehrstöckigen Gebäuden unter Nutzung von Solarenergie, Beleuchtungstechnik, Hydrokultur, Tropfbewässerung, Kompostierung und Phytosanierung geplant wird, und wobei diese komplexe Zukunftstechnologie im Hinblick auf Ressourcenschonung, Steigerung der Nutzpflanzenproduktion bei Schutz vor wetterbedingten Ernteausfällen sowie nachhaltiger Reduktion des Treibhauseffektes an atmosphärischem Kohlenwasserstoff, einer rasch wachsenden Menschheit zugutekommen soll."

19

„Konrad, womöglich nutzt Europa demnächst das gesamte nordafrikanische Wüsten-Potential für die klimaoptimierte Agrarnutzung."

„Warum nicht?
Nach dem arabischen Frühling folgt dann der Sommer mit einem technisch agrikulturellen Wüsten-Bohei und dann: …"

„Konrad, kann es sein, dass du mich absichtlich in Gefilde pflanzlicher Fiktionen entführst, um deinen Blumenstrauß an der Wand zu erklären?"

„Mutter, so ist es!
Denn die Idee von Blumensträußen an der Wand, diese FlowerBOX Idee, wurde bereits 2005 in Frankreich von Philippe Tisserand und Thibaut de Breyne geboren und zum Patent angemeldet, basierend auf Parick Blanc's vertikalen Gärten an Hauswänden.
Oh, ja!
Schon prangt die „Florale Flammenschrift" an der Wand und die Magier kamen und so weiter und sofort, während mein geschärfter Blick über's Kleingedruckte der Verpackungsbeilage gleitet und eruiert, dass die FlowerBOX-Basis an einer oder an mehreren Stellen mit einem Moos vollgestopft wird, einem natürlichen Spagnum-Moos aus Südamerika, das ein Vielfaches seines Eigengewichtes an Wasser speichert und mindestens eine Woche lang die darin eingebrachten Pflanzen mit Feuchtigkeit versorgt, wobei inzwischen mehr als zwanzig verschiedene Pflanzen und Blumen verfügbar sind, die an

der Wand hängen und in den Raum hineinwachsen können. Siehst du, Mutter, noch pflegeleichter geht es nicht!"

„Konrad, es klingelt!
Vermutlich ist dein Bruder gerade angekommen. Öffne ihm doch bitte die Tür und führe ihn herein."

„Hallo, Brüderchen!"
„Hallo, großer Bruder!
Wo hat unsere Mutter die Werkzeugkiste stehen?"
„Warum?"
„Weil ich dringend Hammer und Nägel benötige!"
„Wofür?"
„Zum Aufhängen meines **BLUMENSTRAUßES AN DER WAND!**"
„Ist es denn wahr?
Folge mir, ich zeige dir den passenden Platz an der lichten Wand im Wohnzimmer..."

Ende

3

EMIL ECKSTEIN

„Guten Tag!
Beckmann, Polizei. Hier mein Kollege Grabrowski. Sind Sie der Halter des PKWs mit dem Kennzeichen DO-E-...?"

„Nein, ich bin der Tagespfleger bei Herrn Emil Eckstein. Mein Name ist Volker Glattleder."

„Dürfen wir kurz hereinkommen?"

„Kommen Sie!
Herr Eckstein, hier sind zwei Herren von der Polizei."

„Sollen morgen wiederkommen!"

„Guten Tag!
Beckmann, mein Name. Und hier mein Kollege Grabrowski. Sind Sie Herr Eckstein?"

„Kenne ich nicht!"

„Wie ist denn Ihr Vorname?"

„Der gehört mir nicht mehr."

„Haben Sie Ihr T-Modell an Herrn Miroslav Czeranski verliehen?"

„Wir haben uns verändert."

„Herr Eckstein, wir müssen Ihnen eine traurige Mitteilung machen. Nehmen Sie bitte auf dem Sofa Platz. Ihr Tagespfleger Volker Glattleder setzt sich neben Sie."

„Ich will mein Frühstücksfernsehen!
Gehen Sie!
Alle!
Jetzt!"

„Selbstverständlich, Herr Eckstein. Auf dem Weg zur Haustür reden wir noch kurz mit Ihrem Tagespfleger."

„Raus!"

„Herr Glattleder, offensichtlich ist Herr Eckstein gerade nicht in der Lage, uns zu antworten oder unsere Nachricht aufzunehmen. Wir unterrichten Sie hiermit zur Weitergabe, dass der Fahrer des auf Herrn Eckstein zugelassenen Fahrzeuges, also Herr Miroslav Czeranski, hier ebenfalls wohnhaft, sich am heutigen Morgen einer Verkehrskontrolle durch Fahrerflucht entzog, dabei die Kontrolle über das Fahrzeug verlor und mit überhöhter Geschwindigkeit bei der A40-Tunneleinfahrt am Essener Hauptbahnhof eine Stahlstütze rammte, wobei er tödliche Verletzungen erlitt. Ein Schäferhund wurde aus dem Fahrzeug geschleudert und verendete durch Genickbruch. Bei dem tödlich verunfallten Miroslav Czeranski wurde kein Führerschein sichergestellt.
Hierzu benötigen wir noch eine Auskunft von Herrn Emil Eckstein. Versuchen Sie bitte, das Geschehene zu vermitteln. Sicherlich wäre es ratsam, bei dem Gespräch auch einen Arzt als Beistand hinzuzuziehen.
Auf Wiedersehen!"

„Auf Wiedersehen!"

„Was! Was?"

„Beruhigen Sie sich doch, Herr Eckstein, bitte, bitte!"

„Ich will sofort meinen Anwalt sprechen!"

23

„Welchen Anwalt?"

„Egal, werden Sie mich begleiten?"

„Ja, ich werde Sie begleiten."

„Wo genau gehen Sie?"

„Ich gehe neben Ihnen."

„In welcher Stadt?"

„Hier in Dortmund."

„Die gehört nicht mehr zu mir."

„Herr Eckstein, mein Dienst endet gleich. Doch in Ihrem Zustand will ich Sie nicht alleine lassen. Ich rufe jetzt Professor Spinnwind an."

„Aber ich will meinen Anwalt sprechen!"

„Der kommt bestenfalls zusammen mit Professor Spinnwind."

„Dann sind wir schön beisammen."

„Herr Eckstein, mein Name ist Professor Spinnwind. Ich arbeite in der Klinik Dortmund-Aplerbeck für Psychiatrie, Psychotherapie und Psychosomatik. Ihr Tagespfleger, Herr Glattleder, wird Sie übermorgen am Vormittag abholen und zu mir für eine Befragung begleiten. Vorher empfehle ich die Einnahme einer Beruhigungstablette pro Tag. In dieser Box befindet sich ein Musterpräparat − und hier noch das entsprechende Rezept. Wir sehen uns dann auf der Station P2. Auf Wiedersehen!"

„Halt, Sie kenne ich doch!
Sie waren mein erster Kunde bei riskanten Tafelgeschäften, damals − äh. Und heute verteilen Sie Beruhigungstabletten. Jetzt komme ich mir weit weg vor, gehen Sie!"

‖

„Taxizentrale, hallo! Fahrer Kazim soll mich abholen."

„Ihre Adresse, bitte!"

„Das Haus ist schwer zu finden."

„Da kann ich Ihnen gezielt helfen."

„Bitte!"

„Also, haben Sie heute oder gestern Ihre Post bekommen?"

„Post, äh, Briefe, ja."

„Und an wen sind diese Briefe adressiert? Bitte lesen Sie mir den Empfänger vor!"

„An Herrn Emil Eckstein, Am Phoenix-See-Ufer 7b in Dortmund."

„Danke, Herr Eckstein!
Unser Fahrer Kazim wird in einer halben Stunde bei Ihnen sein."

„Alles klar. Auf Wiederhören!"

„Auf Wiederhören!"

‖

„Hallo!
Wir machen eine Spritztour zur Cranger Kirmes in Herne. Wir kennen uns doch, also... zackzack!"

Dabei trägt Emil Eckstein ein Lächeln im Gesicht. Allerdings nur einseitig. Und er hat einen Traum auf der Stirn, den niemand ihm nehmen kann.

Er denkt, Moos mit Pilzen auf dem Armaturenbrett des Taxis gehören heute zur Standardausführung wie Hybrid-Antrieb und Head-Up-Display in der Windschutzscheibe.

Er trägt Stiefeletten. Links in der Farbe Blau. Und rechts in der Farbe Grau. Er dreht den rechten Absatz zur Seite, unter dem ihn zwei extra klein gefaltete Banknoten anlachen.

„Junger Mann, einen Geldschein bitte in Kleingeld wechseln!"
„An der Tanke Nina Ass?"

„Genau!"

Er betastet das steife Papier vom Rezeptblock und denkt bei dem weit geöffneten Panoramaschiebedach an den Aufstieg in die vierte Dimension:
Up, Up and Away!

„Junger Mann, begleiten Sie mich bitte auf das Riesenrad und dann zu den Losbuden."

‖

„Moin, Professor Spinnwind!
Heute komme ich mal mit meinem Schäferhund Salto. Er bewohnte eine Losbude. Keine Angst, das lebensgroße Plüschtier ist harmlos, und den Umgang mit Hunden verdanke ich meinem speziellen Individualgeruch."
„Interessant!
Wissen Sie, warum Ihr Tagespfleger Herr Glattleder Sie hierhin begleitet hat?"

„Nur angstvolle Menschen verströmen den Geruch von Buttersäure. Bei mir bildet die Furchtlosigkeit eine besondere chemische Aura. Die sichert mir die Unterordnung eines jeden Schäferhundes."

„Ich verstehe!
Nennen Sie mir bitte Ihren Wohnort."

„Ich weiß nicht."

„Wie alt sind Sie?"

27

„Jung und alt."

„Haben Sie Geschwister?"

„Den roten Danny, den Salto und dann noch den Heino."

„Ihre Heimat ist wo?"

„Habe keine mehr."

„Und Ihr Haus am Phoenix-See?"

„Da ging es um ein besonderes Bauvorhaben, um die Trostlosigkeit im Industriezeitalter zu durchbrechen – und ich wollte durch die Mauer brechen."

„Warum?"

„Um auf die andere Seite zu gelangen, weil ich ein träumender Schmetterling bin."

„Und was wollten Sie auf der anderen Seite?"

„Pause machen, eine lange Pause machen, denn ich verändere mich zwischen meinem Goldstück Jessica, der kalten Sophie und der Auffahrt."

„So ist das also!
Für einen befristeten Zeitraum möchte ich Sie hier unter meiner ärztlichen Aufsicht in einem schönen Einzelzimmer mit Vollverpflegung unterbringen und Ihre

besonderen Variationen der Signalformen beobachten und behandeln, denn ich diagnostiziere einen akuten Demenzschub, der in erheblichem Maße für Sie eine Selbstgefährdung darstellt. Diese Situation wollen wir hier in den Griff bekommen."

„Sie lügen schlimmer als gedruckt. Auf Artauds Cube Mémo steht:
Man soll mich doch in Ruhe scheißen lassen! Verstanden?"

‖

Es ist einfach passiert!
Ja, einfach so passiert. Aber ich bin nicht allein. Da sind noch die Anderen. Ich versuche, auf sie zuzugehen. Die wollen mich nicht verstehen. Es liegt an meinen Worten oder an meinen Sätzen, die mich zu schnell verlassen. Die grüne Tablette tut ihre Wirkung. Mein Blick hellt sich auf. Seitlich des Gartens ist ein kurz gemähtes Stück Rasen, begrenzt durch einen Maschendrahtzaun. Durch ein Loch kriecht ein schwarzer Pudel. Hallo Hund, leck mir die Hand mit deiner rauen Zunge! Die rote Tablette tut ihre Wirkung noch besser. Du schwarzer Lockenhund, du, ich muss hier warten im Kreis der Zeit bis zur Auffahrt.
Du Hund, du, du verstehst mich.
Du liegst neben mir und wir beide sammeln Kräfte, neue Kräfte für den Aufbruch.
Du Hund, du, vorher lauschen wir den Worten der Kulturarmee-Fraktion, denn die ganze Welt ist Bühne. Alle Frauen und Männer sind Spieler. Sie treten auf und gehen wieder ab. Ich hingegen bin Erzähler von

Geschichten und gehöre nicht zur selben Welt. Mein letztes Geld, das ich besitze, ist das Mittel zur Freiheit, um über's Brachland zu schroten. Wenn keiner mehr an Wunder glaubt, dann wird es auch keine geben. Mein Leben ist ein Narrenspiel, in das alle höheren Fragen verwickelt sind. Von meinem Zimmer aus höre ich den Springbrunnen. Ein Finger eines Weinstocks und ein Sonnenstrahl deuten auf die Stelle, wo mein Herz pocht, während süße Linden duften zwischen Buchen. Besonders mittags, wenn im Kornfeld Wachstum rauscht und sich auf starken Halmen Ähren wiegen. Dabei sind lechts und rinks leicht zu velwechsern.

Du Hund, du, du verstehst mich.

Du liegst neben mir und wir beide sammeln Kräfte. Neue Kräfte. Spezielle Kräfte. Das Loch im Maschendrahtzaun wird mit jedem Tag größer, und beim nächsten Gartenfreigang ist es groß genug, um durchzuschlüpfen. Der neue Hilfspfleger versorgt mich vorher mit einer Tageszeitung, mit einigen kleinen Geldscheinen und mit Menthol-Zigaretten. Ganz wichtig, weil ich darin eine pulverisierte gestreifte Tablette einbringe. Stinkt wie Iltis, belebt aber spontan. Unter Sandmanns feinem Paletot entkomme ich dann und du, du begleitest mich.

Du Hund, du, du verstehst mich.

Ganz in der Nähe der Einfahrt zu dieser Anstalt liegt die Pommesbude General Vogelheim direkt neben der Tankstelle Nina Ass am Ruhrschnellweg. Kurze Wege – Mittelfeld! Wie beim Fußball.

Du Hund, du, du verstehst mich.

Ich spendiere dir dann eine Wurst, so richtig schön musterhaft braun bis tiefbraun changierend durchgebraten. Und ich, ich zische ein kaltes Pils, begleitet von flutschigen rotweißen Pommesstäbchen. Und dabei tobt um uns herum das Leben: Pulsierender Verkehr vermischt mit dem angesagten Sound von Deutschrap, Türkrap, Rammstein, Heino, James Last, AC-DC, Let's be Frank sowie Álvaro Soler aus offenen Autofenstern sowie Cabrios. Lastwagen donnern vorbei. Viele davon fahren nach Polen. Ja, nach Polen, Czeranskis Heimat. Nach einem Autounfall ist er mit unserem Schäferhund Salto nicht mehr zurückgekommen.

Danach bin ich hier angekommen.

Hier ruhe ich mich aus.

Ich kann warten.

Du Hund, du, du verstehst mich.

Am Vormittag dieses Getöse im Garten. Grüne Wichtel schneiden mit Motorsägen die Sträucher, der Rasen wird gemäht und abgeharkt. Zurück bleibt eine Harke am Gartenzaun mit Loch.

Jetzt!

Jemand ist schneller. Fuchtelt mit den Armen und schwingt den Harkenstiel, der mich von der Seite her trifft. Ein dumpfer Knall im Kopf, zimbelheller Schmerz. Und plötzlich, zusammen mit einem Druck in meiner Brust, folgt auf den Knall eine Stille, eine tiefe Stille, eine umfassende Stille. So, als ob ich Watte in die Ohren stopfe. Aber ohne das Summen im Kopf zu hören, das dumpfe Sausen auf den Trommelfellen. Stille wickelt alles ein und breitet sich aus, während die Farbe Weiß verblasst und Grauschleier folgen und in die Farbe Schwarz übergehen.

‖

„Herr Eckstein, Sie befinden sich im Aufwachraum des Akutkrankenhauses. Mein Name ist Heiko Schmitt und ich bin für Sie zuständig bei der postoperativen anästhesiologischen Betreuung. Wie fühlen Sie sich?"

„Müde."

„Haben Sie Schmerzen?"

„Nein."

„Wissen Sie, warum Sie hier sind?"

„Nein."

„Lassen Sie sich bitte die Umstände erklären: Sie haben eine retrograde Amnesie, wodurch Sie nicht mehr in der Lage sind, sich an Geschehnisse vor einem bestimmten, meist traumatischen Ereignis, zu erinnern. Bei Ihnen handelte es sich um einen Schlag auf die linke Stirn mit einem Harkenstiel. Die Wunde ist fünf Zentimeter lang und wurde genäht.
Machen Sie sich keine Gedanken, die Heilung wird voraussichtlich komplikationslos erfolgen. Nach der Versorgung in Kurznarkose ist Ihr Kopf ebenfalls mittels CT und MRT für eine bildgebende Diagnostik unterzogen worden.

Nach drei Tagen bringen wir Sie wieder zurück zu Ihrem behandelnden Arzt Professor Spinnwind, der Ihnen die Bilder erklären wird. Aus unserer chirurgischen Sicht sind wir auf einen Zufallsbefund gestoßen, nämlich auf ein größeres Aneurysma in der rechten Gehirnhälfte.

Ein Aneurysma kann durch Platzen zum schnellen Tod führen. Dass Sie den Schlag auf den Kopf überlebt haben, ist erstaunlich. Die Natur gibt uns Medizinern immer wieder neue Rätsel auf. Eine Operation wäre allerdings ein zu großes Risiko. Auch die anderen Befunde, die Ihnen Professor Spinnwind ausgiebig erläutern wird, lassen ebenfalls von einer Operation abraten."

„Up, Up and Away!"

„Wie bitte?"

„Ich habe Hunger. Und nach der Mahlzeit wünsche ich mir einen blauen Engel – oder auch zwei."

„Das werde ich veranlassen, nachdem ich Sie auf Ihr Zimmer gebracht habe."

„Ein Zimmer mit Aussicht?"

„Weniger dramatisch!"

„Na, denn!"

„Na, denn!"

Ende

4

REPUBLIKFLÜCHTLING

DR. MARCELLUS NARRAT

1970
Willy Brandt will Wandel durch Annäherung
Fußball-Weltmeisterschaft in Mexico
Dr. Marcellus Narrat gerät unversehens
in eine Schießerei zwischen zwei
rivalisierende Drogenbanden und stirbt

Anfang Mai 1965
Meine persönlichen Erinnerungsstücke,
meine Fachbücher, meine gut erhaltenen
Kleidungsstücke, meine Schreibmaschine
sowie mein geerbtes Familiensilber
nebst Geschirr wurden peu à peu in
West-Berlin bei einer Speditionsfirma
eingelagert. Abgesehen vom
Namensschild an der Haustür, gibt es
keinen weiteren Hinweis mehr auf mich
als ehemaligen Bewohner dieser
Dachgeschosswohnung.
Die Reisetasche ist gepackt. Ganz oben
auf das abgegriffene Lexikon, das mich
während der letzten fünf Jahre beim
Studium der spanischen Sprache sowohl
an der hiesigen Hochschule als auch
bei privaten Konversationskursen
begleitete. Darunter die offizielle
Konferenzmappe, die jedoch unter dem
Deckblatt meine Zeugnisse, Berufs-
nachweise sowie persönliche Dokumente
enthält.

Als Projektleiter für Medizintechnik
in der Charité, dem führenden
Krankenhaus in der Hauptstadt der DDR,
werde ich zeitnah eine DDR-Delegation
nach Kuba begleiten, um vor Ort den
Absatzmarkt für Modulare Sanitäts-
Einrichtungen (MSE) zu sondieren.

Unbedingt will ich auch ein
ausführliches Interview mit dem
Industrieminister Guevara und
designiertem Zentralbankchef führen.
Ein Interview, das Probleme der
Planwirtschaft aufzeigt – hier in der
DDR genauso wie in Kuba, wo der
Begriff Zentralverwaltungswirtschaft
gleichlautend für eine
Wirtschaftsordnung verwendet wird, in
der die ökonomischen Prozesse einer
Volkswirtschaft, insbesondere die
Produktion und die Verteilung von
Gütern und Dienstleistungen planmäßig
und zentral gesteuert werden. Eine
Zentralverwaltungswirtschaft ist
hierarchisch aufgebaut, wobei die
Einzelpläne der Wirtschaftssubjekte
wie Haushalte und Betriebe sich dem
politisch beschlossenen Gesamtplan
unterordnen. Dieser wiederum übernimmt
sowohl die Zuteilung der Waren an die
Wirtschaftsteilnehmer als auch die
vielfältigen Abstimmungen zwischen
ihnen.

14.August 1965
Nach neun Stunden in London gegen
17°°Uhr gelandet mit meinem
ausführlichen Interview im Gepäck.
Setze mich ab von der Delegation.
Wechseln von Dollarnoten in Britische
Pfund und in D-Mark. Einchecken am
Lufthansa-Schalter zum Weiterflug nach
Hamburg.
Ich bin auf dem Sprung!
Landung in Hamburg gegen 22°°Uhr.
Erkläre mich am Einreiseschalter bei
Vorlage meines ostzonalen
Reisedokumentes als Republikflüchtiger
aus der Sowjetischen Besatzungszone,
somit aus der DDR.
20.August 1965
Anerkennungsverfahren (im
Behördenjargon: *Notaufnahmeverfahren*)
abgeschlossen. Habe neue Papiere.
21.August 1965
10°°Uhr Eintreffen im Unternehmenssitz
von Gruner + Jahr am Baumwall in
Hamburg, kurze Zeit vorher, am 01.
Juli 1965, gegründet. Nach Anmeldung
und einer halbstündigen Wartezeit mein
erstes Gespräch mit Gerd Bucerius.
„Mein Herr, Ihre aufrechte zukunfts-
orientierte Denkart beeindruckt mich.
Willkommen in Westdeutschland und
besonders hier in Hamburg mit seinem
liberalen Geist! Ihr Ansinnen, als
Berliner Korrespondent in die Dienste

37

unseres neu gegründeten Verlages
einzutreten, werde ich bei unserer
heutigen Geschäftssitzung als weiteren
Tagespunkt aufnehmen. Ihr
qualifiziertes kubanisches Interview
wird als Vervielfältigung den
Anwesenden zur Begutachtung vorliegen.
Bitte sprechen Sie morgen wieder zur
gleichen Zeit vor."
22.August 1965
10°°Uhr am Baumwall.
„Herr Doktor Narrat, mein Glückwunsch!
Mit großer Mehrheit sprach sich
gestern die Verlagsleitung für Ihre
Anstellung als Berliner Korrespondent
der ZEIT aus. Unser Haus wird Ihnen
behilflich sein bei den notwendigen
behördlichen Gängen und nachfolgend
bei der Wohnungssuche in Berlin."
Dem Händedruck von Bucerius folgt die
Einladung zu einem Abendessen ins
Club-Restaurant des Hamburger Yacht-
Clubs, bei dem er mich mit Hoppe,
Finanz-Senator in Berlin, bekannt
machen möchte.
23.August 1965
Mit Kopfschmerzen aufgewacht!
Noch rotieren ungebremst die Details
des gestrigen Abends in meinen
Gehirnwindungen. Demnach war Bucerius
von 1952-57 Bundesbeauftragter für die
Förderung der Berliner Wirtschaft.
Hoppe kalkuliert bereits in zwei

Jahren, also in 1967, sein Ende als Finanz-Senator. Er sieht eine Große Koalition voraus. Er sagt:
„Narrat, seien Sie kein Narr, werden Sie sofort SPD-Mitglied, damit liegen Sie goldrichtig!"
Nun ja! Mit den Inhalten dieser Partei kann ich mich arrangieren. Und dann, mit Hoppe allein auf dem Bootssteg, wird er konkret:
„Also, Narrat...!"
Zurück im Restaurant, einvernehmliche Verabschiedung, doch der fortgeschrittene Abend geht mit Bucerius in die zweite Runde bis in die frühen Morgenstunden. Riesling, wenn's recht ist? Schon rieseln Interna auf mich herab, als sei ich der personifizierte Blitzableiter. Bucerius beklagt sich über Auseinandersetzungen mit den Gesellschaftern der ZEIT, denkt an alleinige Übernahme. Bezeichnet die ZEIT als seine große Leidenschaft – leider defizitär und nur mit den Gewinnen aus dem STERN finanzierbar, wobei ihm dennoch eine besondere Ausweitung vorschwebt, ein journalistischer wie stilistischer Coup, ein Highlight in Form einer ZEIT-Beilage.

25.August 1965
Ein gebrauchtes Motorrad mit

Seitenwagen gekauft und alle Forma-
litäten erledigt. Morgen ist Samstag.
Plane ein langes Wochenende mit
Fahrten quer durch Hamburg mit
schussbereiter Leica.
26.August 1965
Ein letzter Absacker in der Seekiste
am Fischmarkt im Morgengrauen.
Gekotzt, Gliederschmerzen, totalmente
kaputt!
27.August 1965
Regenerationstag:
Wer bin ich, woher komme ich?
Auf dass ich es sage, wie ich es sagen
kann...jaja...
Halt's Maul Antonin Artaud!
Jetzt, jetzt, ja jetzt rolle ich
rückblickend durch die Kirchallee.
Viele VW-Käfer mit geteilter
Heckscheibe. Reeperbahn. Achtung,
Kopfsteinpflaster! Tanzcafé Klein
Paris. Schicke Borgward Isabellas mit
Chromleisten. Fischmarkt. FC St.
Pauli. Hinterhöfe. Die Stadt im
Umbruch. Viele Jugendliche mit einem
äußeren Erscheinungsbild konträr zu
bisherigen Konventionen. Der Star-
Club. Neue Musik – ein neues Feeling?
Was wartet wohl in West-Berlin auf
mich?
29.August 1965
Im Rundfunk die Meldung:
„Günter Grass tritt in Düsseldorf für

die SPD eine bis zum 14. September
dauernde Wahlreise durch 25 Städte an.
An der Wahlwerbung beteiligen sich
ebenfalls der Schriftsteller Siegfried
Lenz und der Komponist Hans Werner
Henze."
Was soll ich davon halten?
Per Post wird mir mein Umzug nach
West-Berlin für den 15. September
avisiert.
Mein Motorrad macht mich süchtig!
Will wieder Wind um die Ohren.
Will jeden Tag auf die Piste.
Ich misse die seidig warme karibische
Luft.
Salz auf den Lippen, Sonne im Herzen.
Ich liebte dort ein Mädchen.
Stahl ihr Herz, doch sah ich, dass
nichts gut war!
So viel Armut, so viel Elend!
Eigentum war Diebstahl, Reichtum ein
Verbrechen!
Im Becher ein Schluck Ron Blanco – ja,
der Kelch konnte nicht an mir
vorübergehen. Die Nacht, die Musik der
Sklaven und die tanzenden Frauen, die
Minze, der Duft des Meeres, der Fisch
über dem Feuer – ja, ich weiß, dass
ich sterblich bin! Nachher breche ich
auf, südwärts, dem Mittelmeer
entgegen.
30.August 1965
Das Grasland der Camargue verschluckt

mich. Ich wälze die Verhältnisse – und ein Fanfarenstoß begrüßt meinen neuen Jubeltag: Das ist Freiheit wie sie westlicher nicht sein kann!
Oder bin ich im falschen Film?
Nein, die Wahrheit erstarrt nicht vor Furcht außer im Schweigen!

31.August 1965
Da sind sie! Überall am Strand junge Leute. Lange Haare, abgewetzte Kleidung, Jeans. Nur mit Rucksack und Schlafsack unterwegs. Die Gammler: Symbole inmitten einer heutigen Gesellschaft der Angepassten. Sozialfiguren, bereit zu einem Kulturkampf um die Verbindlichkeit gesellschaftlicher Normen. Symbole exklusiver Individualität, mit Folk- und Rockmusik und Protestsongs im Gepäck. Kritischer Zeitgeist – aber ohne politische Engagements!

07.September 1965
Zurück in Hamburg. Heimatgefühl? Kurz zuvor noch unterwegs in Frankreich mit einem Polyglott-Reiseführer und einem deutsch-französischen Langenscheidt-Taschenwörterbuch: Spürbare Distanz. Im Elsass dagegen: Heimatgefühl? Ja, mein Herr, nur zu, sprechen Sie Deutsch, wir verstehen! Mir wird signalisiert, dass seit Kriegsende die elsässische Sprache und Kultur margi-nalisiert wird. In der Wortwahl liegt

42

- und in der Betonung schwingt und
wiegt Kritik.
14.September 1965
Widme den Medien den ganzen Tag meine
erhöhte Aufmerksamkeit. Ein
vorhergesagtes Kopf-an-Kopf-Rennen und
die Koalitionsfrage stehen im Mittel-
punkt des Wahlkampfes. Die Schlag-
zeilen lauten:
„Es geht um Deutschland – CDU!"
„Sicher ist sicher – darum SPD!"
Und:
„Neue Wege wagen – FDP nötiger denn
je!"
15.September 1965
Tag des Umzugs nach West-Berlin. Der
Beiwagen ist gepackt. Der
Reservekanister und der Tank sind
randvoll. Startklar! Zermürbende Fahrt
auf schlechten Straßen. An der Grenze
Schikane. Alles ausräumen inklusive
Demontage des Reserverades auf dem
Seitenwagen. Fühle mich wie der Fremde
im Eigenen – oder wie der Eigene im
Fremden und konkludiere: Kafkaesk!
Schizophren! In West-Berlin direkt die
Speditionsfirma wegen Schreibmaschine
aufgesucht. Fehlanzeige!
„Ihr Depot wurde von Ihrem
Zwillingsbruder geräumt, hier die
Quittung." Stinkt nach Stasi! Jetzt
die für mich angemietete Wohnung
aufsuchen? Für wie blöd hält man mich?

43

Im Zimmer einer Absteige des
Nachtjackenviertels erzähle ich
Hutmacher Yitzchak alles haarklein bei
einer Flasche Berliner Adler Wodka
bis zum Abwinken, während der Willi
mein Motorrad am Bordstein für einen
Heiermann bewacht, und während als
Gute-Nacht-Geschichte die
Spätnachrichten das Besondere dieses
Tages bringen:
„Der Schriftsteller Günter Grass wird
bei seiner 50. Wahlrede zugunsten der
SPD in der niedersächsischen CDU-
Hochburg Cloppenburg von Jugendlichen
mit Eiern, Tomaten und weichen Birnen
beworfen. Polizeibeamte gehen mit
Knüppeln gegen die Störer vor."
Und:
„Bei einem Konzert der britischen
Rockgruppe The Rolling Stones auf der
Waldbühne kommt es zu schweren
Auseinandersetzungen zwischen 20.000
Fans und der Polizei."
16.September 1965
Betretenes Schweigen bei meiner
Ankunft im Redaktionsbüro. Kann's mir
nicht verkneifen, deregulierend in den
Raum zu stellen:
„Schon mal 'ne Fahrkarte geschossen?"
Irritation, Kopfschütteln, doch dann
der Durchbruch des Volontärs Armin von
Eigelstein:
„Hélas! In der Villa meiner Tante sind

möblierte Wohnungen frei."
Narrat, greif zu, der Himmel schickt
dir diesen Heißsporn!
02.Oktober 1965
In der Tat, Che geht seinen eigenen
revolutionären Weg!
Dazu die heutige Zeitungsnotiz:
„Der ehemalige Vertraute Fidel Castros
und Industrieminister von Kuba,
Ernesto Guevara Serna, ist nach
Umbesetzung nicht mehr in der
kubanischen Regierung vertreten."
27.Oktober 1965
Die heutige kurze Zeitungsmeldung:
„Bundeskanzler Ludwig Erhard
verschiebt seine für den 3. November
geplante Regierungserklärung und setzt
ein sog. Sparkabinett ein."
Morgen am Donnerstag wird mein erster
ausführlicher Artikel erscheinen.
28.Oktober 1965
Neue Nachricht:
„Die Inflation zieht an, die
Hochkonjunktur gibt nach!
Die vergleichsweise gute
Einkommenssituation führt in
Zusammenhang mit den steigenden
Sozialleistungen zu einem hohen Tempo
der Nachfrageexpansion auf dem
bundesdeutschen Binnenmarkt und zu
einem Anstieg der Preise..."

Bei meinen Recherchen lerne ich Karl
Schiller kennen. Erfahre, dass er sein
Amt als Wirtschaftssenator in Berlin
im November aufgeben wird, um sich
ganz seinen Aufgaben als
wirtschaftpolitischer Sprecher der
SPD-Bundestagsfraktion widmen zu
können. Ein sehr persönliches und
vertrauliches Gespräch folgt:
„Also, Narrat...!"
So sehr ich auch mit Elan die
wirtschaftlichen Fakten wälze und
Diagramme und Statistiken studiere und
auswerte, kommt es mir wie ein
Geschenk des Himmels vor, jetzt über
den angesagten Modetrend zu schreiben.
Mit der rheinischen Frohnatur
Eigelstein geht's nach London zur
Recherche vor Ort.
24.November 1965
Berlin und Niedersachsen erleben mit -
23°C den kältesten Novembertag seit
100 Jahren. Der Monat erweist sich
gleichwohl als schneereichster
November seit 1919 und, quasi als
Kontrastprogramm, wird morgen am
Donnerstag mein zweiter großer Artikel
erscheinen.
25.November 1965
Swinging London ist die angesagte neue
Mode-Metropole! Alle Welt sieht London

als Mode-Trendsetter. Carnaby Street und Chelsea Boutiques sind tonangebend. Die Jugend fungiert als Modevorbild. Mary Quant schickt superschlanke Mannequins in Miniröcken auf den Laufsteg und Twiggy wird als Fotomodell zur teuersten Bohnenstange der Welt. Mary Quant liefert erstmals ihre poppigen Nylon-Strumpfhosen mit, ohne die ihre Mini-Mode kaum tragbar wäre – zum Schrecken der Moralapostel und zur Freude der Männer. Mary Quant versteht ihre Mode nicht als Haute-Couture, sondern als Mode für die Masse, die nicht elitär, sondern populär sein soll. Zum Minikleid gehören der flache Schuh oder der weiße Halbstiefel aus Plastik von Courrèges, der Hosen als bequeme zeitgemäße Kleidung für die Frau propagiert. Er spricht von einer befreiten Mode für eine befreite Frau. Seine neuen Sonnenbrillen mit Sehschlitz als Modegag fehlen in keinem Optiker-Geschäft. Die Sonnenbrille avanciert zum modischen Accessoire und zum lukrativen Geschäft. Jacqueline Kennedy, Greta Gabor und Sophia Lauren verstehen es, sich hinter solchen Monsterbrillen zu verstecken. Modeklempner Paco Rabanne setzt Kleider erstmals aus Plastikteilen zusammen, und der letzte Schrei von Courrèges sind Strandhemden mit grobmaschiger vergitterter Taille. In der Herrenmode macht sich ebenfalls ein neuer Stil bemerkbar. Hemden mit Phantasiekragen, Hosen zum Saum hin eng. Rollkragenpullover, ärmellose bunte Pullunder, figurbetonte Jeanswesten und das länger werdende Haar als Beatles-Frisur.

Im Redaktionsbüro lesen Eigelstein und ich abwechselnd aus dem Artikel vor. Wir lassen Fotos kreisen, während Vinylscheiben mit Popmusik von den Beatles, Kinks, Manfred Man und den Small Faces auf dem Plattenteller endlos rotieren. Wiederholt gebe ich zum Besten, wie Eigelsteins kanariengelbes Hemd aus einer Chelsea Boutique mit Riesenkragen bis zu den Ohren bereits beim Rückflug abfärbte und später klein und weiß aus der Waschmaschine kam – wie ein perfektes Leibchen für ein Äffchen im Zoo!

29.November 1965
SPD-Klausurtagung im Schloss Glienicke. Ich bin wieder auf dem Sprung!

17.Dezember 1965
„Die Nachkriegszeit sei zu Ende", hat Ludwig Erhard in seiner Regierungserklärung verkündet.

Der Satz will mir nicht recht einleuchten, wo doch in Richtung Zonengrenze einen jeden belehrt, dass die Deutsche Teilung als Hauptmerkmal der Nachkriegszeit keinesfalls überwunden ist!

04.Januar 1966

Beim traditionellen Neujahrsempfang in der Villa Hammerschmidt in Bonn kommt es zu einem Eklat zwischen Bundespräsident Heinrich Lübke und Bundeskanzler Ludwig Erhard (CDU), als Lübke sich für die Bildung einer Großen Koalition zwischen CDU und SPD ausspricht.

17.Januar 1966

Auslandseinsatz! Reportage vor Ort! Flug via London nach Madrid mit Eigelstein. Beschwerliche Weiterfahrt mit Bahn und Bus nach Almeria. Andalusischer Ort. Nordafrikanisch geprägt. Enge Gassen, alte weiße Häuser. Eigelstein ist irritiert von meinem rollenden Spanisch, meinen drastischen Flüchen, dem rigorosen Vordringen zur Unfallstelle - doch Halt!

Aus Sicherheitsgründen chartere ich ein Motorboot. Sichtung des ausgebrannten Flugzeugwracks bei Palomares in Strandnähe. Dunstiges Wetter. Nur grobe Doku-Fotos. Dränge auf schnelles Verlassen des Unglücks-

ortes. Auf dem Weg nach Barcelona
Artikel geschrieben. Mit zitternden
Händen Aufgabe des Telegramms:
„US-Bomber verliert vier H-Bomben über
spanischem Gebiet. Im südspanischen
Küstenort Palomares in der Nähe der
Stadt Almeria stürzt ein US-
amerikanischer B 52-Bomber mit vier
Wasserstoffbomben an Bord nach einer
Kollision mit einem Tankflugzeug ab.
Zwei Bomben schlagen auf einem Acker
in Dorfnähe auf, explodieren wie durch
ein Wunder nicht, brennen aber und
setzten Plutonium frei. Der Absturz
der beiden anderen Nuklearwaffen wird
offensichtlich durch Fallschirme
gebremst. Eine der 20-Megatonnen-
Bomben wird abtransportiert, die
andere taucht ins Küstengewässer ein,
worauf die Suche von mehr als 2000
Experten der US-amerikanischen Marine
eingeleitet wird. Die H-Bombe
entspricht einer Sprengkraft von 800
Bomben der Art wie sie 1945 von den
USA auf Hiroshima abgeworfen wurde.
Dabei wurden sofort 90.000 Menschen
getötet und an Spätfolgen der atomaren
Strahlung starben alsbald weitere
166.000 Menschen.
Unvorstellbar, der 800fache Multipli-
kator einer einzelnen Atombombe dieses
Kalibers! Halb Spanien und Teile
Nordafrikas wären ausgelöscht mit

Abermillionen von Toten. In Anbetracht
dieser Ungeheuerlichkeit und dem real
existierenden Albtraum, der mit dem
Kalten Krieg zu tun hat, lassen die
Amerikaner weiterhin im Zuge der
allgemeinen Abschreckung immer ein
paar B-52 Bomber samt tödlicher Fracht
über Europa kreisen. Gleich nach dem
Unfall beginnen die Amerikaner damit,
den radioaktiv verseuchten Boden in
8000 Fässer für den Abtransport in die
USA zu verpacken."
19.Januar 1966
Im Zentrum von Barcelona auf den
Ramblas.
Eigenwillige Gaudí-Architektur.
Sol y sombra. Milde 12° Celsius.
Café cortado. Die Anspannung will
einfach nicht weichen. Eigelsteins
Kontrastprogramm: Kölner Karneval.
Ablenkungsmanöver oder Selbstschutz?
Ich nehme seine Einladung an.
05.Februar 1966
Eigelstein bekommt drastischen
Anschauungsunterricht für eine
Fotoreportage. Wir beide sind mit
schussbereiten Fotoapparaten
ausgerüstet und mischen uns unter die
Demonstranten. Dann der
Zeitungsbericht:
„Ausschreitungen   bei   Vietnam-
Demonstration. In Berlin (West) kommt

es am Ende einer polizeilich genehmigten Anti-Vietnam-Demonstration, an der mehr als 100 Studenten teilnehmen, zu Ausschreitungen vor dem Amerika-Haus. Eine Gruppe von Demonstranten, die das Gebäude mit Eiern bewirft und die US-Flagge auf Halbmast setzt, wird von der Polizei auseinandergetrieben."
Bei Sichtung der Fotos, erkennen wir unter den Demonstrationsteilnehmern u.a. den Berliner Kabarettisten Wolfgang Neuss und Rudi Dutschke.
21.Februar 1966
Rosenmontag mit Eigelstein in Köln. Schunkeln mit den Jecken. Fühle mich mittendrin und doch draußen. Permanenter Harndrang vom Kölschen Schlabberbier. Fußmarsch zur elterlichen Eigelstein-Wohnung. In seinem Zimmer zwei Sessel zur Schlafstatt zusammengeschoben.
22.Februar 1966
Beim Aufwachen erschlägt mich das Bücherregal mit akkurat ausgerichteten Buchrücken wie vom Lineal gezogen. Auf der Kommode Familienfotos. Bild mit Trauerflor von Vater Eigelstein in Uniform. Knabe Armin, vaterlos. Wen anbrüllen? Mutter, Tanten und Onkel mit Cousinen und Cousins in scheitelgerader Gesinnung in Zeiten, da wenig gefragt wurde. Eine Art von

Erbschaftsverweigerung? Eine Auflösung der Vätertradition? Spürbarer Aufbruch: Veränderungen erkennen und begreifen. Aktives Aufbrechen verkrusteter Verhältnisse. Wo denn? Wohl kaum in Bonn oder Köln des beschaulichen Rheinlands der Nachkriegszeit – jedoch in Berlin mit Deutschlands Elite und ihren Kriegsdienstverweigern.
Bravo, Eigelstein!
„Junge, werde wesentlich!", vernehme ich unfreiwillig aus dem Salon vor Abfahrt nach Hamburg.
23.Februar 1966, Aschermittwoch
Kontrastprogramm Reeperbahn. Große Freiheit, Kiez-Club Indra und Star-Club!
24.Februar 1966
Eigelsteins Geburtstagsgeschenk: Flohbisse an beiden Unterarmen. Wie im Lehrbuch:
aufgeschnürt auf einer Reihe. Verordne Dauerduschen bis zu meiner Rückkehr mit neuer Unterwäsche, Socken, Jeans, Schlabberhemd, Boots und einem gefütterten Parka. Tolle Geburtstagsgeschenke, einschließlich Tiegel mit Antihistaminikum-Salbe. Innerliche Desinfektion mit Korn nach fünf Fischbrötchen.
Pflichtgemäßes Telefonat mit der Redaktion. Schnurstracks geht's ab ins

Ruhrgebiet. Recherche vor Ort. Thema: Zechensterben.

26.März 1966

Das war kein Zuckerschlecken im Ruhrgebiet! Dessen Größe und Vielfalt hatten wir unterschätzt. Dennoch sind wir stolz auf unseren heute erschienenen Zeitungsartikel: „Zechensterben an der Ruhr geht weiter. Zum letzten Mal fahren die Kumpel auf der Zeche Langenbrahm in Essen zum Abbau unter Tage ein. Nach 194 Jahren wird mit der ältesten Anthrazitkohlenzeche ein weiteres Stück Ruhrgebiet stillgelegt. Dank des zwischen Betriebsrat und Zechenleitung ausgehandelten Sozialplans können 90% der Belegschaft auf anderen Arbeitsplätzen, teils auf Nachbarzechen, untergebracht werden. Bereits am 8. Februar hat die Deutsche Erdöl AG (DEA) angekündigt, die Förderung auf ihrer Schachtanlage Graf Bismarck in Gelsenkirchen zum 30. September einzustellen. Die Stilllegungen von Langenbrahm und Graf Bismarck sind Symptom für die anhaltende Absatzkrise des deutschen Steinkohlebergbaus, die sich ab Mitte der 50er Jahre in der Bundesrepublik abzuzeichnen begann. Billige Importkohle und der verstärkte Einsatz des kostengünstigeren Erdöls traten bei der Deckung des Energiebedarfs in

Konkurrenz zur heimischen Steinkohle, zumal die Unternehmen an der Ruhr die Preise 1957 noch erhöhten. Seither wurden von den insgesamt 450.000 Mann starken Bergarbeiterbelegschaft im Ruhrgebiet bereits 200.000 demobilisiert."

01.April 1966

„Kein Aprilscherz", sagt Eigelstein. „Ich habe mich für das Sommersemester an der Freien Universität Berlin eingeschrieben als Student der Wirtschafts- und der Rechtswissenschaften."

„Recht so, Eigelstein!"

01.Mai 1966

Kundgebung zum Maifeiertag. Anschließend Strategiegespräch mit Schiller:

„Dieses Jahr ist ein Schwellenjahr zwischen Stagnation und Umbruch. Im November rechne ich mit einer schwarzroten Großen Koalition. Also, Narrat..."

12.Juli 1966

Eigelsteins Tante erklärt uns bei Kaffee und Kuchen den neuen Begriff von Wohnungseigentum. Sie will Ihre Villa in Eigentumswohnungen umwandeln und bei dieser Gelegenheit ihren Neffen beerben. Mit einem Garten-Sondernutzungsrecht und mit Eigelstein als Hausmitbewohner, erscheint mir ihr

Ansinnen durchaus akzeptabel. Weniger
Erbauliches berichtet das Fernsehen an
diesem Tag:
„USA: Rassenkrawalle brutal nieder-
geschlagen. In Chicago brechen schwere
Unruhen unter der schwarzen
Bevölkerung aus, als die Polizei einen
Feuerhydranten abstellt, mit dessen
Wasser sich die Kinder bei der
sommerlichen Hitze Abkühlung
verschaffen. Drei Tage lang liefern
sich aufgebrachte Massen und Polizei
blutige Schlachten, bis der Einsatz
der Nationalgarde mit brutaler Gewalt
vorübergehend die Ordnung wieder-
herstellt. Die Unruhen in Chicago
greifen schlagartig auf andere
Großstädte der USA über wie New York,
Cleveland oder Newark. In den
Elendsvierteln der Großstädte gärt es
auf Grund der gravierenden sozialen
Probleme, wozu desolate sanitäre
Verhältnisse, Wohnraummangel,
Ghettoisierung, Arbeitslosigkeit,
Kriminalität, Prostitution und
Rauschgift-missbrauch unter der
schwarzen Bevölkerung ausschlaggebend
sind.
Unmittelbar nach den dreitägigen
Auswüchsen reist Martin Luther King
nach Chicago. Er ist Führer der
Gewaltlosigkeit predigenden
Bürgerrechtsbewegung.

Eine radikale Minderheit prägt dagegen
die Parole Black Power und organisiert
sich als Black Panthers."
15.Juli 1966
Eigelstein zieht Bilanz am Ende seines
ersten Hochschulsemesters:
„Hier bin ich freier Student, hier
will ich sein – so ganz frei nach
Goethe. Mitten drin im Geschehen einer
offenen Auseinandersetzung mit Staat
und Gesellschaft. Genau da fängt für
mich die Republik an. Zusammen sind
wir stark. Go-ins, Sit-ins, Teach-ins
und Love-ins. Gerade klagen wir unsere
studentischen Mitbestimmungsrechte ein
und der Drang nach Freiheit, wie wir
sie meinen, wird ausgelebt in
knallbunter Kleidung, Miniröcken,
langen Haaren,
Bewusstseinserweiterungen durch
Drogen, sexuelle Freizügigkeit, bei
wilden Beat- und Rock-Rhythmen und
Protestsongs von Bob Dylan."
„Dennoch bist du Burschenschaftler
geworden mit Couleur Deutscher
Nationalfarben."
„Man muss das Ganze im Auge behalten."
„Hört, hört!"
„Die Jubiläumsfeier der Burschen-
schaften fand in Berlin im vergangenen
Jahr in 1965 statt", erklärt
Eigelstein.

„Sie wurde am 10. Deutschen Burschentag aus Anlass der 150. Wiederkehr des Gründungstages der ersten Burschenschaft in Jena begangen. Der Festkommers wurde in der Deutschlandhalle begangen, wobei der FU Rechtswissenschaftler Karl August Bettermann die versammelten 5.000 korporierten Studenten aufrief: Machen Sie einen neuen Anfang, bringen Sie uns unsere Universität wieder in Ordnung. In diesem Sinne rufe ich: Burschen heraus!"

„Hört, hört!"

„Seht, seht!", setzt Eigelstein nach. „Jeder Besucher seines Hauses kann bei Eintritt seinen Leitspruch *Porta patet, Cor magis* lesen. Die Tür steht offen, mehr noch das Herz. Ein Mönchsgruß, ein Wahlspruch der Zisterziensermönche vor 900 Jahren, mit dem sie den Wanderer nach Bau des mächtigen Klosters Eberbach im Rheingau empfingen."

„Und von mir ein Gruß aus meinem Keller: Weine aus dem Kloster Eberbach!"

10.September 1966

Das Sommerloch fülle ich mit meinem folgenden Artikel:

„Protestsong-Bewegung polarisiert die Musikkultur. Die Fronten werden klar. Die Akteure sind in Aktion, nicht nur

56

in Amerika, nicht nur in Berlin – und über alles legen sich die ekstatischen Stimmen der Rocksänger, Bob Dylans Mundharmonika und sein näselnder Songtext *The Times They Are A-Changing.* Freakjahre, einmalig! Für John Dos Passos vibriert die Jugend voller ruheloser Energie und Aggression und die Jungs in Lederjacken und hautengen Jeans mit widerspenstigen langen Haaren, in tiefen Augen der verwundete Blick und die Verachtung auf den Lippen. Was für James Dean sein Porsche war als Mittel, sich röhrend auszutoben, finden heute die Teens und Twens in der Musik. Mit hämmernden Schlagzeugen, rollenden Bässen, jaulenden Elektrogitarren und plärrenden Saxophonen bricht sich ein unbändiger Rhythmus Bahn. Der Rock 'n 'Roll ist laut, aufsässig und lässt alles raus.

Ein inspirierter Schöpfungstaumel ergreift die jungen Sänger, Musiker und Rocklyriker, ein Bacchanal von Einfällen und Visionen, für das es keinen Vergleich gibt – es sei denn die kultischen Feste aus der Zeit der Mythen. Wie ein griechischer Jüngling der Antike sieht er aus, von zierlicher Gestalt und provokanter Schönheit – provokant genug, um von verzückten Mänaden zerrissen zu werden wie Orpheus:

57

Jim Morrison, der Sänger der Doors, angefangen mit seiner Aufforderung Come on, Baby, light my fire bis hin zum ödipalen Wahnwitz in The End. Einige kommen ihm nah wie Mick Jagger oder Jimi Hendrix oder Frank Zappa mit Freak Out."

15.Oktober 1966
Großer Aufbruch!
Auslandsrecherche im Strudel des sich ausweitenden Vietnamkrieges.
Keineswegs nur journalistische Neugierde, sondern auch eine Portion Abenteuerlust ist mit im Spiel, wohl ahnend, dass zum Jahresende womöglich meine berufliche Laufbahn mich in Berlin fesseln wird.

17.November 1966
Nachstehend mein letzter Zeitungsbericht, denn die Weichen sind gestellt!
„Erschütternde Bilanz eines Kriegsjahres. Während zu Beginn dieses Jahres in Südvietnam 180.000 US-Amerikaner stationiert waren, hat sich ihre Zahl bis jetzt auf 375.000 erhöht. Die Südvietnamesen verstärkten ihre Einheiten im gleichen Zeitraum um 50.000 Mann auf 610.000. Die Zahl der Toten im Süden des Landes wird auf 14.000 beziffert, davon 4.800 US-Amerikaner. Mittlerweile ist der

58

Vietcong zu einer anderen Kampftaktik übergegangen. Unter Vermeidung größerer Operationen soll der Feind nun in kleineren Guerilla-Trupps durch Überraschungsangriffe, Hinterhalte und Terroraktionen zermürbt werden. Die hässliche Fratze des Krieges halte ich mit meiner Leica fest: Weinend kauern sich südvietnamesische Frauen mit ihren Kindern auf ihrer Flucht in einen Graben, um sich vor Angriffen der Vietcong zu schützen.

Darüber hinaus ist zu beobachten, dass eine Überschätzung der US-Waffentechnologie und der Radarsysteme vorliegt. So unglaublich es klingen mag, der apokalyptische Aufwand der amerikanischen Bombenteppiche scheint den Nachschubverkehr auf dem Ho-Chi-Minh-Pfad, der von Hanoi über laotisches Grenzgebiet ins südliche Mekong-Delta führt, keinen Tag lang wirksam zu blockieren. Wann und wie eine überlegene US-Militärmaschinerie diesen Krieg gewinnen kann, ist unklar – oder aber ob es zu einer bitteren Niederlage im Reisfeld kommen wird."
01.Dezember 1966
Alea jacta est – die Würfel sind gefallen!
Die Große Koalition übernimmt die

Regierung in Bonn. Dabei löst die
Ausschaltung der dritten Kraft große
Besorgnis aus, denn die FDP-Opposition
im Bundestag mit nur 49 Mandaten steht
den 447 Parlamentssitzen aus SPD und
CDU/CSU gegenüber.
04.Januar 1967
Werde vom Regierenden Bürgermeister
Heinrich Albertz zum Finanzsenator von
West-Berlin berufen. Eigelstein und
Tante gratulieren. Ich verkünde dabei
meine Absicht des Erwerbes meiner
bisherigen Wohnung als
Eigentumswohnung.
Eigelstein formuliert salopp:
„Willkommen im Club!"
15.Januar 1967
In der Bank dieser devote Schleimer!
Selbstverständlich, Herr Senator,
darf's etwas mehr sein? Ja, darf es.
Für mein privates Arbeitszimmer erwäge
ich den Erwerb eines Kandinskys.
Ka, was?
Bauhaus.
Aufgerufen bei einer Auktion von
Sotheby's Ende Januar.
Verstehe, Geldanlage.
Jawoll!
Ein halber Quadratmeter Leinwand für
avisierte 80.000 D-Mark.
Kein Problem. Bitte, sehr, hier noch
Ihre rechtsverbindliche Unterschrift,
danke!

27.Januar 1967

Im Flugzeug dröhnen die Motoren.
Wie damals. Ja, wie damals während des
Fluges von Havanna nach London.
Heute: London im Nebel.
Ausweichlandung in Luton, 50 Km nord-
westlich. Transfer im Überlandbus. Mir
steht es Unterkante Oberlippe.
Höllenfeuer im Gedärm. Kalter Schweiß.
Schneller Abgang mit Auffahrt, oder
besser doch den empfohlenen
Spezialisten konsultieren?
Warum wohl alleine eine Woche lang
London, Eigelstein? Ich fliege aus und
du bleibst da! Die Hölle ist hier in
mir, nicht in Berlin, oder wie oder
was? Am Lufthansaschalter meine
Kubanischen Footprints.
Musik aus dem Lautsprecher:
TIME IS ON MY SIDE.
KLM- Overnight-Flight nach Havanna.

01.März 1967

Malecón.

Lasse mich treiben.

Schauen und schlendern.

Die vielen Menschen.

Salz auf den Lippen.

Ron Blanco im Glas.

Alle spazieren.

Alle lachen.

Ich lasse meine Schuhe putzen.

Sonnenuntergang.

Jungs im Meer, weiche Sonnenstrahlen
auf ihrer nassen Haut.

Gewitterwolken über der weißen Stadt.

Die karibische Bar.

Wind kommt auf.

Plötzlich das Gewitter.

Sitze allein unter den Säulengängen.
Sitze in einem Schaukelstuhl.
Ringsum rauscht es.
Platzregen mit Spritzern über dem
Pflaster.
Ein Beet von Blüten unter den
Laternen.

Ich schaukele und schaue und lache.

Welch eine Freude, hier zu sein!
<u>02.März 1967</u>
Ich fahre ans Meer im Norden der
Stadt.

Schlendere dort nochmals entlang.

Draußen die Fischerboote.

Sitze nochmals auf Uferblöcken.

Wieder Abschied.

Ein Nachmittag wie Ewigkeit.
Blau, unerträglich blau.

Nachtflug.

London.

Lufthansaschalter.

Hamburg.

Tor zur Welt.

Hamburg im Regen.

Berlin.

Berliner Luft.

19.Mai 1967
Erstes Treffen mit Berliner Senatoren:

Wolfgang Büsch, der ab April das
Berliner Innenresort leitet. Seine
Tätigkeit als Vorsitzender des
Sozialistischen Deutschen
Studentenbundes (SDS) in 1957/58
bleibt mir im Gespräch hängen.

Kurt Neubauer, Senator für Jugend und

Sport, der als einziger Bundes-
parlamentarier bis zum Mauerbau in
Ost-Berlin wohnte, hebt hervor, in
einer aufregenden und stürmischen
Periode der Berliner Nachkriegszeit
angekommen zu sein – meinetwegen!

02.Juni 1967
Ein schwerer Tag!
Eine anberaumte Sitzung legt mir
Fesseln.
Vor dem Schöneberger Rathaus soll eine
Anti-Schah-Demonstration stattfinden,
die die diktatorische Herrschaft des
Schahs sowie die grausame Folterung
und Tötung politischer Gegner im Iran
anprangert. Der Schah von Persien,
Resa Pahlawi und seine Frau Farah
Diba, halten sich bereits seit dem 27.
Mai zu einem Staatsbesuch in der BRD
auf. Habe Eigelstein gebeten, die
Demonstration als Augenzeuge zu
begleiten, zusätzlich ausgerüstet mit
dem sehenden Auge meiner Leica.
Verspüre bereits bei Äußerung meiner
Bitte ein ungutes Gefühl. Wieder
dieses diffuse Druckgefühl in der
Magengrube!

Eigelstein verspricht, meinen
Motorradhelm zu tragen. Auch wenn
irgendwie spleenig und overheated, wie

er im Studentenjargon bemerkt.

Während der Sitzung bin ich mental abwesend. Mache mir Vorwürfe. Hoffentlich artet die Demonstration nicht aus, denn aus informierten Kreisen ist mir bekannt, dass zusammen mit dem Schah eine Gruppe seines iranischen Geheimdienstes SAVAK eingetroffen ist, dessen angebliche Aufgabe in der Anheuerung von Landsleuten besteht, um als Pro-Schah-Demonstranten zu agieren.

Vor meiner nächsten nachmittäglichen Sitzung treffe ich auf einen aufgebrachten Eigelstein. Er zeigt mir ein bereits entwickeltes und vergrößertes Foto, auf dem demonstrierende Studenten vor dem Schöneberger Rathaus von Persern mit Holzlatten attackiert werden. Eigelstein berichtet: „Diese Demo war nicht heftig. Nur das Agieren einer Gruppe von Jubelpersern gleich Prügelpersern war heftig. Diese Gruppe ging gezielt mit Holzlatten und Stahlruten gegen Studenten vor, während die Polizei zusah und nicht einschritt." Eine Analyse der Informationen soll morgen erfolgen. Am Abend schalte ich mein

64

Fernsehgerät ein. In der Nachrichten-
sendung wird von einer Straßenschlacht
vor der Oper, wo das iranische
Kaiserpaar einer Festaufführung
beiwohnt, mit zahlreichen Verletzten
berichtet. Wiederholt verleihen rund
800 demonstrierende Personen ihrem
Protest gegen das diktatorische Regime
des Schahs bei der abendlichen
Auffahrt der Prominenz Ausdruck. Als
sich die Türen der Oper um 19.57 Uhr
schließen, wird draußen von
Polizeipräsident Erich Duensing der
Befehl „Knüppel frei, räumen!"
erteilt.

Die Demonstranten sind eingekeilt
zwischen Baugerüsten hinter und den
vor ihnen errichteten Polizeigittern
aus Metall, den sog. Hamburger Reitern
oder Hamburger Gittern. Offensichtlich
ohne Warnung beginnen die Polizisten
wahllos auf Demonstranten und
Schaulustige einzuschlagen.

Bin mir sicher, dass mein Motorradhelm
nebst Träger durch's Bild huschten.
Höre einen Knall, selektiere sofort
einen abgefeuerten Pistolenschuss.
Plötzliches Flimmern und Rauschen –
vermutlich hört, stört und sieht der

Feind mit, denke ich.

Nach Mitternacht Poltern vor meiner
Wohnungstür. Mein letztes Glas mit Ron
Blanco geht auf Reisen.
Eigelstein hat eins abgekriegt.
Hat Hedda untergehakt – oder irgendwie
andersherum, jedenfalls verheddert.
Der Anblick ihrer Schwesterntracht mit
Namensschild lässt mich an leichte
Möbel mit klarer Formgebung denken.
Oder an meine geträumte Magenoperation
durch Doktor Christiaan N. Barnard am
Groote Schuur Hospital zu Kapstadt.
Ausgerechnet Bananen – ausgerechnet
Afrika?! Tribaler Tam-Tam vermischt
sich mit wort- wie bildreichen Szenen
demonstrierender Studenten mit Papp-
und Kreuzschildern und prügelnden
Polizisten. Dann der Schuss des
Polizisten Karl-Heinz Kurras und dann
der Tod des Studenten Benno Ohnesorg.

Meine Bilanz:
Der Tod des Studenten Benno Ohnesorg
ist für viele ein Symbol für die
politische Inhumanität dieser Tage.
Das Datum markiert einen historischen
Wendepunkt, nämlich die
Revolutionierung des studentischen
Bewusstseins, wobei sich das gesamte
politische Spektrum der
Studentenbewegung nach links ver-

schiebt. Buchstäblich über Nacht
werden aus Gleichgültigen politisch
Interessierte, aus Liberalen
Radikaldemokraten.

08.Juni 1967
Im Auditorium Maximum der FU findet
eine Trauerfeier für Benno Ohnesorg
statt, dessen Leichnam anschließend
mit einem Trauerkondukt in seine
Heimatstadt Hannover überführt wird.
In der Ansprache des Professors für
Evangelische Theologie, Helmut
Gollwitzer, sagt dieser bei der
Verabschiedung des Trauergeleits:
„Auch nach dieser Beerdigung sind die
Gegensätze offen. Aber der Tod ver-
pflichtet zur Versöhnung, das heißt
zum Abbau aller Vorurteile und zum
sachlichen Gespräch über die Trennung
hinweg, mit dem Ziele friedlichen
Zusammenwirkens."
Bei der Durchfahrt des Kondukts durch
die DDR verzichtet deren Regierung auf
die sonst üblichen Grenzkontrollen.

02.August 1967
Der Sommer dümpelt vor sich hin.

19.September 1967
Rücktritt von Innensenator Wolfgang
Büsch (Senator für 168 Tage).
Nachdem Karl-Heinz Kurras während des
Schah-Besuches am 02. Juni 1967 den
Studenten Benno Ohnesorg erschossen
hatte, ordnete Büsch die sofortige

67

Obduktion an und verhinderte so eine
weitergehende Vertuschung durch die
Polizei. Danach zwang der Regierende
Bürgermeister Heinrich Albertz ihn
dazu, die politische Verantwortung für
den Todesschuss zu übernehmen und
zurückzutreten.

26.September 1967
Rücktritt von Heinrich Alberts. Er
übernimmt die Verantwortung für die
Vorgänge.

09.Oktober 1967
Durch nachstehende Pressemeldung
erfahre ich von Ernesto Che Guevaras
Tod:

*In einem Gefecht zwischen
bolivianischen Regierungstruppen und
Rebellen wird der 39jährige kubanische
Guerilla-Kämpfer
Ernesto Che Guevara getötet. Die
Umstände seines Todes bleiben
mysteriös.*

*Sein Leichnam, der erst am nächsten Tag
in dem kleinen Ort Vallegrande
Journalisten zur Identifikation
vorgeführt wird, ist am Hals, Brust und
Lenden von Kugeln durch-bohrt, die
Beine von einer Maschinengewehrsalve
fast vom Rumpf getrennt.*

Ein bolivianischer Armeeoffizier gibt

vor den Reportern die offizielle
Version wieder, nach der die tödlichen
Kugeln im Kampf abgegeben worden sind.
Guevaras letzte Worte seien gewesen:

„Ich bin Che, und ich bin
gescheitert."

Eine andere Version besagt, Guevara sei
zunächst nur gefangen genommen und erst
24 Stunden später von bolivianischen
Soldaten erschossen worden.

Eine weitere Version besagt, dass einen
Tag nach seiner Gefangennahme auf Major
Ayoroas Aufforderung, ein Freiwilliger
möge sich bereit erklären, Che zu töten,
sich hierfür Mario Terán meldete. Beim
Eintreten von Mario Terán sollen
angeblich Che's letzte Worte gewesen
sein:

„Ich weiß, dass du gekommen bist, um
mich zu töten. Schieß, du Feigling, du
tötest nur einen Mann!"
09.November 1967
Eigelstein hat gleich drei
Zeitungsexemplare gekauft! Zeigt mir
dort jeweils ein Foto mit einem
Spruch-transparent, das vor den
Professoren, gewandet in Talar,
Halskrause, goldene Amtskette und
Barett (Theologie schwarz, Medizin

69

grün, Jura rot, Staatswissenschaften
karmesinrot, Philosophie blau), von
zwei Studenten hergetragen wird beim
Einzug ins hanseatische Audimax mit
dem Spruch:
„Unter den Talaren Muff von tausend
Jahren."
Eigelsteins aktuelle Studentensprüche:
„Leere Symbole."
Und:
„Heil dir im Siegerkranz, du großer
Mummenschanz."
Und:
„Zieht die Magnifizenzen an ihren
ideologischen Schwänzen."
Und:
„Equal goes it loose."
Und:
„Wenn es der Wahrheitsfindung dient."
Und:
„Hochschulreform."
Und:
„Mitbestimmung."
Und:
„Gleiche Rechte für alle."
Eigelsteins scharfsinnige Analyse:
„Die Zeit ist Chiffre geworden.
Chiffre für eine neue kritische
Generation. Einer kritischen
Generation im Aufbruch. Und einer
kritischen Generation des Umdenkens.
Wobei alle Beteiligten das
unumgängliche Ziel in der dringenden

Modernisierung und Vergrößerung der Universitäten sehen müssen, einhergehend mit dem Abbau der Allmacht der Ordinarien. Mir ist die Brisanz dieser politischen und wirtschaftlichen Ziele bewusst, doch die Gesellschaft muss sich bewähren im Konsens einer redlichen Bewältigung unserer Zukunft."

24.Dezember 1967

Die Villa von Eigelsteins Tante füllt sich. Besuch von Eigelsteins Mutter aus Köln und der Mutter von Hedda, Frau von Kamecke, dazu Heddas ältere Schwester Amalie.

Eine brisante Mischung! Mutter von Kameckes Heimaterinnerungen: Ostpreußen pur.

Heddas despektierlicher Einwurf: „Da, wo bei Nimmersatt, das Reich ein Ende hat!"

Die Flucht.

Das Nachkriegsberlin.

Die Jugend von heute.

Heute!

Heute Nacht: Mitternachtsmesse.

Ich gehe mit, nur Amalie zu liebe.

01.April 1968

Kleiner Aprilscherz im Dienstgebäude: Am Flur meiner Abteilung bringe ich eine Kette mit Schild Durchgang gesperrt an.

Gibt mir Zeit, um über meine

österliche Ferienflucht aus Berlin nach
Cuba, nachzudenken. Das Schild nehme
ich nach Dienstschluss mit nach Hause.
Da sich Hedda und Eigelstein zunehmend
die Klinke in die Hand geben, hänge
ich es als provokativen Aprilscherz an
ihre Wohnungseingangstür.
02.April 1968
Beginn eines schwarzen Monats?
Mordanschlag auf Martin Luther King
bestürzt die Welt.
In Memphis, US-Bundesstaat Tennessee,
fällt der schwarze Bürgerrechtler und
Friedensnobelpreisträger Martin Luther
King einem Attentat zum Opfer. Auf dem
Balkon des Lorraine-Motels trifft ihn
um sechs Uhr abends die Kugel, die
sein Mörder James Earl Ray aus einem
gegenüberliegenden Haus auf ihn
abfeuert. Der 39jährige King wird am
Hals so schwer verletzt, dass er eine
Stunde nach dem Anschlag im
Krankenhaus stirbt. Sein Tod im
gewaltlosen Kampf gegen den Rassismus
führt zu spontanen Krawallen.
04.April 1968
Nach der Ermordung von Martin Luther
King: Sieben Tote bei Rassenkrawallen
in den USA. Die Rassenunruhen
verschärfen sich schlagartig in den
Vereinigten Staaten von Amerika. In
mehr als 20 Großstädten kommt es zu
Plünderungen von Läden weißer

72

Geschäftsleute und zu Straßen-
schlachten zwischen schwarzen
Demonstranten und der Polizei oder
Nationalgarde. Wie im Juli 1967 sind
die Industriestädte des Nordens,
insbesondere Chicago, Detroit,
Baltimore, aber auch die Hauptstadt
Washington, die Zentren der Rebellion.
6 Menschen werden getötet, 781
verletzt und etwa 3000 verhaftet.
Mindestens 500 Brände mussten von der
Feuerwehr unter Polizeischutz gelöscht
werden. Mit den blutigen Unruhen
machen die schwarzen Demonstranten
ihrer Diskriminierung Luft, ebenso
ihrer Verzweiflung über Armut und
soziale Not in den Ghettos der Städte.
11.April 1968
Wahrlich, ein schwarzer Monat!
Rudi Dutschke durch Anschlag lebensgefährlich verletzt.
Die anfangs friedlichen Proteste gegen
die deutsche Hochschulordnung, gegen
die Notstandsgesetze und den
Vietnamkrieg arten an den Ostertagen
aus:
Rudi Dutschke, Vorstandsmitglied des
Sozialistischen Studentenbundes (SDS)
und einer der Führer der
Außerparlamentarischen Opposition
(APO), wird bei einem Attentat auf dem
Kurfürstendamm lebensgefährlich

verletzt. Eine Stunde nach dem
Anschlag überwältigt die Polizei den
23jährigen Josef Erwin Bachmann, der
politische Motive für seine Tat
angibt.
Gegen 16:35 Uhr bricht Dutschke von
drei Kugeln in Kopf und Brust
getroffen in der Nähe des SDS-Büros
zusammen. In mehr als sieben Stunden
dauernden Operationen werden dem
28jährigen Soziologie-Doktoranden die
Projektile aus dem Körper entfernt.
12.April 1968, Karfreitag
Schwere Unruhen nach Attentat auf
Studentenführer. Nach dem Attentat auf
Rudi Dutschke demonstrieren mehr als
10.000 Menschen in mehreren bundesdeutschen Städten gegen das
Verlagshaus Axel Springer. Sie machen
die Berichterstattung in den Zeitungen
des Konzerns für den Anschlag
mitverantwortlich. In West-Berlin
kommt es am Springer-Haus zu
schweren Auseinandersetzungen mit der
Polizei. In den folgenden Tagen weiten
sich die Demonstrationen und Unruhen
aus. Insgesamt beteiligen sich bei
Aktionen in 27 bundesdeutschen Städten
über 400.000 Menschen, mehr als 500
werden verletzt und eine gleich große
Anzahl von Demonstranten wird
festgenommen. Weitere Demonstrationen
finden in Bonn, Essen, Köln und

Frankfurt statt, um die Auslieferungen
der Springer-Zeitungen zum Sonnabend
zu verhindern.

15.April 1968, Ostersonntag
Bis zum heutigen Tag kommt es zu
weiteren Kundgebungen in zahlreichen
bundesdeutschen Städten, an denen sich
auch Teilnehmer der Ostermärsche für
Abrüstung beteiligen. In einer
Erklärung äußern 14 bekannte
bundesdeutsche Personen Verständnis
für die Demonstrationen nach dem
Attentat auf Rudi Dutschke. In dem
Aufruf wird der Gesellschaft eine
mangelnde Bereitschaft vorgeworfen,
vorgetragene Argumente ernst zu nehmen
und zu diskutieren. Die gezielte
Diffamierung einer Minderheit habe zu
den Gewalttätigkeiten geführt. Es
müsse endlich eine Diskussion über den
Springer-Konzern geben.
Unterzeichner des Aufrufs sind die
Professoren:

Theodor W. Adorno:

Er ist mit Max Horkheimer einer der
Hauptvertreter der als Frankfurter
Schule oder Kritischen Theorie
bekannten Denkrichtung.

Hans Paul Bahrdt:

Soziologe an der Georg-August-
Universität Göttingen. Arbeiten an
Stadt- und Regionalsoziologie, später
im Themenumfeld von Gentrifizierung,
Globalisierung und Global Citys.

Peter Brückner:

Lehrstuhl für Psychologie in Hannover.
Mitbegründer des Club Voltaire in
Hannover.

Ludwig von Friedeburg:

Professor für Soziologie und Direktor
des Instituts für Soziologie der
Freien Universität Berlin.

Walter Jens:

Altphilologe, Schriftsteller, Kritiker.

Eugen Kogon:

Publizist, Soziologe,
Politikwissenschaftler. Gilt als einer
der intellektuellen Väter der
Bundesrepublik.

Golo Mann:

Historiker, Publizist, Schriftsteller.
Sohn des Literaturnobelpreisträgers
Thomas Mann.

Alexander Mitscherlich:

Arzt, Psychoanalytiker, Schriftsteller.

Heinrich Popitz:

Soziologe.

Helge Pross:

Soziologin.

Helmut Ridder:

Verfassungsrechtler, Professor für
Öffentliches Recht. Linksliberaler
Bürgerrechtler.

Hans-Günther Zmarzlik:

Historiker.

Der Dozent Hans Dieter Müller und

Heinrich Böll:

Schriftsteller.

Eigelstein kehrt am frühen Abend ganz
zitterig heim. Schildert seine
Eindrücke von den heutigen schweren
Auseinandersetzungen:
„Zornerfüllte Studenten und mit
Schlagstöcken ausgerüstete Polizisten
stehen sich am Berliner Kurfürstendamm
gegenüber. Sinnlose Knüppelei. Später
setzen Polizeikräfte Wasserwerfer

gegen Demonstranten ein.
Ja, ich trug meinen Motorradhelm. Die
gemachten Fotos mitten im Tumult
werden wir uns nach dem Entwickeln
zeitnah ansehen."
Egelstein weiter:
„Nicht nur unter uns Studenten,
sondern auch unter den liberalen
Intellektuellen herrscht Einigkeit
darüber, dass der Springer-Verlag
schon seit Monaten eine zunehmende
Hetzkampagne betreibt, um die
Öffentlichkeit zu manipulieren, wobei
etwa 50% der bundesdeutschen
Tageszeitungen und 70% der
Sonntagszeitungen aus der Springer-
Presse stammen. Bild hat mit
geschossen, weil sie die jungen Linken
unablässig als Rabauken und rote SA
geschmäht und wahre Pogromaufrufe
gegen Dutschke und seine Genossen
losgelassen hatte."

Eigelstein weiter:
„Schon wird skandiert: Springer raus
aus West-Berlin und Spruchbänder und
Pappschilder gleichen Inhalts werden
gezeigt. Den diffamierenden Schund der
Springer-Presse habe ich kompiliert,
den bringe ich morgen mit!"
16.April 1968, Ostermontag
Den Nachrichten ist zu entnehmen:
An diesen Ostertagen beteiligen sich

in der Bundesrepublik nach Angaben der
Kampagne für Demokratie und Abrüstung
rund 300.000 Menschen an den
Ostermärschen und anderen Aktionen der
Außerparlamentarischen Opposition. Die
anfangs friedlichen Proteste gegen die
Notstandsgesetze, den Vietnamkrieg und
die deutsche Hochschulordnung sind
während der Ostertage ausgeartet in
gewaltsame Proteste.

Eigelstein breitet seine gesammelten
Zeitungsartikel aus:
„Unsere Jung-Roten sind inzwischen so
rot, dass sie nur noch Rot sehen.
Stoppt ihren Terror jetzt!" (Bild-
Zeitung). „Störenfriede ausmerzen"
(Berliner Morgenpost).
„Wir haben es hier mit einer
akademischen Variante des Gammlertums
zu tun. Mit der Ungewaschenheit als
Mittel, fehlende Geltung und Mangel an
Persönlichkeit durch Bürgerschreck zu
ersetzen, entstand eine noch viel
unangenehmere Parallele der vor-
sätzlichen geistigen Ungewaschenheit."
(Die Welt)

Eigelsteins Kommentar:
„Fakt ist, dass die gezielte
Diffamierung einer Minderheit zur
Gewalttätigkeit gegen sie aufreizen

muss. Der Verantwortliche, Axel Cäsar Springer, wird mehr denn je zur Inkarnation all dessen, was den so genannten Störenfrieden an den bundesdeutschen Zuständen zuwider ist, aber auch den Intellektuellen immer mehr Missbehagen bereitet, während ein junger Hilfsarbeiter namens Josef Erwin Bachmann zum Revolver greift und zum Attentäter wird. Ob er alleine handelte oder im Auftrag von Hintermännern agierte und von diesen manipuliert, indoktriniert und instrumentalisiert wurde, mag vielleicht irgendwann ans Licht kommen.
Den Berichten zufolge handelt es sich um eine Person, die sich von der Gesellschaft eher abgelehnt fühlt und beruflich erfolglos ist.
Möglicherweise mit hohen Erwartungen an sich hat, dabei empfänglich ist für Schuldgefühle und für Ängste – und damit voll und ganz aus der Realität abgleitet: Das perfekte Psychogramm eines Attentäters!"

Eigelstein weiter:
„Jetzt, wo Rudi Dutschke, der Berliner Massenmagnet und das Herz der APO außer Gefecht gesetzt ist, tritt Hans-Jürgen Krahl als ihr Kopf in den Vordergrund."

„Wie das?"

„Keiner aus der Kerntruppe des SDS beherrscht wie er seinen Hegel, seinen Lucas oder seinen Marcuse aus dem Effeff. Keiner wie er erweckt auf Demos oder Teach-ins in jedem einzelnen Teilnehmer derart stark den Eindruck, einer Avantgarde anzugehören, die sich auch und vor allem von der Wissenschaft her voll gerechtfertigt weiß. Und als frappierender Schnelldenker, wie in einem Zeitraffer vorwärtsstürmend, nimmt er binnen kürzester Zeit die jeweiligen Erkenntnisstufen. Bloch und Marx und Marcuse, schließlich Che Guevara und Ho Tschi-minh sorgen für eine Metamorphose, wie sie selbst unter den APO-Stars in solchem Tempo ungewöhnlich ist."

„Ich höre immer nur Krahl, Krakeeler, Krahl…"

„Ich traf ihn vor einigen Wochen bei einem Sit-in in Frankfurt."

„Frankfurt?"

„Jaja, Frankfurt! Dort begann er bereits 1965 bei Adorno seine Dissertation zum Thema *Naturgesetz der kapitalistischen Bewegung bei Marx*. Er war der einzige Student und Mitarbeiter, den Adorno als gleichwertigen Gesprächspartner akzeptierte. Bei meinem Besuch erfuhr

81

ich eine knisternde Atmosphäre zwischen ihnen. Krahl hatte ein hervorragendes Gedächtnis, eine schnelle Auffassungsgabe, war hoch gebildet, äußerst redegewandt und stand auf gleicher Augenhöhe mit seiner Vaterfigur Adorno."
„Und sonst?"
„Halte ich ihn für einen klardenkenden Beschwichtiger."
„Wieso?"
„Weil, wie er meint, die Organisationsfrage müsse gelöst werden. Die Suche nach einem Konzept, wie man revolutionäre Gemeinschaft stiftet. Wie Marx beschäftigt ihn das künftige Jerusalem eines herrschaftsfreien menschlichen Miteinanders. Sinnlose Knüppelei, Gewalt gegen Sachen und Gewalt gegen Menschen verstörten ihn, ganz zu schweigen von einer militanten Splittergruppe, die er als politische Entartung bezeichnet! In diese Ecke gehöre auch folgender Artikel des Heftes konkret Nr. 5 zum alsbaldigen Erscheinen im Mai, worin ein Artikel der 33jährigen Journalistin Ulrike Meinhof: Widerstand gegen Staat notwendig! abgedruckt ist. Mit den Druckfahnen wedelnd und daraus

vorlesend vernehme ich:

„Die Grenze zwischen verbalem Protest und physischem Widerstand ist bei den Protesten gegen den Anschlag auf Rudi Dutschke erstmalig massenhaft überschritten worden. Es ist dokumentiert worden, dass es in diesem Land noch Leute gibt, die Terror und Gewalt nicht nur verurteilen, sondern bereit und fähig sind, Widerstand zu leisten, so dass begriffen werden kann, dass es so nicht weiter geht."

„Eigelstein, das ist Agitation und das ist Brandstiftung pur – völlig richtig erkannt – das könnte böse enden! Vielmehr sollten jetzt zwischen der ratlosen Gewalt der Regierenden und der Gewalt der Protestierenden nach einem Weg gesucht werden, der in permanenter Reform das Bestehende fortentwickelt, ohne seine Fundamente zu zerstören."

Maifeiertag 1968

Ramba-Zamba bei Eigelstein und Hedda mit diversen Kommilitonen. Rockmusik ist angesagt und Protestsongs gegen Krieg und Konsum. Jeder hat seine Lieblings-Vinylscheiben mitgebracht. Und Stoff. Der süßliche Geruch zieht durch die Türritzen. Dazu Jimi Hendrix mit Purple Haze und Jefferson Airplane

mit White Rabbit, dann näselt Bob
Dylan The Times They Are A-Changing,
begleitet von ersten Kotzserien mit
Klosett-Dauerrauschen und dann zum
dritten Mal die Rolling Stones mit I
Can Get No Satisfaction, wobei der
Refrain vielstimmig mitgesungen oder
mitgegrölt wird. No satisfaction, no
satisfaction, cause I try and I try
and I try and...

Ich mache die Biege.
Knattere mit Motorrad und
schussbereiter Leica durch Bezirke von
Berlin, in denen ich noch nie war.
Berlin ist groß. Wäre noch größer ohne
die Mauer!

Muss unwillkürlich an meine Zeit in
der Charité denken.
An meine verstorbene Mutter.
An Moskau mit der separaten Geschäfts-
stelle der russischen Handels- und
Industriekammer, wo ich
antichambrierte und diskret sondierte
und durch Zufall Che Guevara
begegnete.
An das Foto mit Che bei Eiseskälte auf
dem Roten Platz.
An Che auf rotbrauner Erde in der
Pampa auf Kuba.
An die Zigarren.
An das Mädchen.

An den Malecón.
An Ron Blanco.
Ja, Che, heute mache ich diesen
Eintrag am 1. Mai 1968 in mein
Tagebuch. Und wo stehe ich heute? Nach
London, nach Republikflucht, nach
Hamburg? War das gerade erst oder
gestern oder vorgestern?
Man soll die Geschenke des Lebens
gleichwohl nehmen wie die Verluste.
Was macht die Zeit aus uns, was machen
wir mit ihr?

Der Nachmittag mit Amalie:
Aufreizend chic im feinen Ledermantel
mit rotem Kopftuch. Beiwagentauglich.
Café Kranzler. Auf schmaler Terrasse
schöner Blick auf den Kurfürstendamm.
Guter Kaffee und große Tortenstücke
und zwei Cognacs zum Anwärmen. Dann
ins Stundenhotel, ganz schnell!

Die Lichter in Eigelsteins Wohnung
sind aus.

Ende.

Der Tag der Arbeit ist abgearbeitet.

Aus.

Anfang Mai 1968
Frankreich: Protest und Streikbewegung
lähmt das Land.

Dazu Eigelstein:
„Hedda und ich wollen sofort nach
Frankreich fahren. Da weitet sich der
aktuelle Studentenprotest ebenfalls
aus. Wollen den Daniel treffen. Den
Wortführer der Studenten in
Frankreich: Den Daniel Cohn-Bendit –
den Roten Dany. Wir wollen los mit
deinem Motorrad-Gespann und mit
schussbereiter Leica.

Abflug für länger.

Hedda hat ihren Jahresurlaub genommen.

Mein Semester ist sowieso gelaufen.
Jetzt gilt, eine große Anzahl von
lokalen, regionalen und überregionalen
Protestbewegungen zu entfachen. Also,
schaffen wir eingedenk Che Guevaras
Botschaft in der Übersetzung von Rudi
Dutschke und Gaston Salvatore zwei,
drei, viele Herde des Protestes. Wir
können den revolutionären Brand weiter
anfachen. Venceremos!"

„Ich sehe diese Realität anders und
stehe dabei neben mir. Reisende soll
man nicht aufhalten. Aber besorgt
unbedingt einen Helm für Hedda –
einverstanden?"

    Der Tag geht, die Nacht kommt.

Abschied.

Abschied für länger?

Ankunft von Amalie.

Ich bin verrückt für zwei.

Mitte Mai 1968
Frankreich: Solidarität mit
Studentenprotest. Die Pariser
Universität Sorbonne wird erstmals in
ihrer 700jährigen Geschichte
geschlossen. Etwa 40.000 Studenten
werden dadurch ausgesperrt. Diese
Entscheidung des französischen
Erziehungsministers Alain Peyrefitte
führt zu einer Ausweitung der
Studentenrevolte, die mit
Protestaktionen von weiten Teilen der
Bevölkerung gegen die Regierung von
Charles de Gaulle getragen ist.
30.Mai 1968
Den Berichten nach kommt Frankreich
erst Ende Mai wieder zur Ruhe, als De
Gaulle die Nationalversammlung auflöst
und Neuwahlen für den 30. Juni
festsetzt. In der Chronologie der
Ereignisse bildet rückblickend das
brutale Vorgehen der Polizei gegen
Demonstranten die Basis für eine
weitere Eskalation mit einer
Straßenschlacht von 5.000 Studenten im

Quartier Latin, wo 3.000 schwer
bewaffnete Sicherheitsbeamte mit
Tränengas und brutalem Einsatz
vorgehen. Die Bilder von verletzten
Demonstranten, auf die Polizisten bis
zur Bewusstlosigkeit einschlagen,
rufen in der französischen Bevölkerung
Entrüstung hervor und eine allgemeine
Welle der Solidarität mit den
Studenten setzt ein.

Auf den gezeigten Bildern im Fernsehen
erkenne ich keine Motorradhelme!

Aus Solidarität mit den Studenten
rufen die französischen Gewerkschaften
zum Generalstreik auf, der das ganze
Land überzieht und die Wirtschaft
lahmlegt. Streikende Arbeiter halten
die Fabriktore des Automobilkonzerns
Renault besetzt, der sich im Besitz
des französischen Staates befindet.
01.Juni 1968, Pfingstsonntag
Ein Brief aus Frankreich!
Ha, hoteleigenes Briefkuvert mit
Eindruck einer umrankten Majuskel N
mit Krone.
Nanu.
Mit der mir wohl bekannten
Krakelschrift à la Eigelstein und mit
Poststempel von Nizza.
Ha, Hotel Negresco!

Amalie möchte gerne mit mir in Hamburg
auf meinen Spuren von damals wandeln.
Und die Auslagen der Juweliere an der
Hamburger Meile bestaunen, besonders
die Ringe Modell Hamburg in den
Ausführungen A wie Arosa bis S wie St.
Tropez oder Sylt.

Verstehe ich voll und ganz – aber ohne
Motorrad?

Stattdessen machen wir es uns im
Garten gemütlich und lesen uns
abwechselnd aus dem besonderen Brief
aus Frankreich vor:

An meinen Mentor!
Die Turbulenzen in Paris, besonders im
Quartier Latin und nach flüchtiger
Bekanntschaft mit dem Roten Danny,
Daniel Cohn-Bendit, der Hedda und mich
trotz seiner reißerischen
agitatorischen Ausdruckskraft im
Hinblick auf seine seltsam zerrissene
Vita verstörte, beschlossen wir einen
spontanen Abflug zu machen. Heddas
Zauberworte: Provence und Côte d'Azur.
Lasst uns das schöne Leben berühren –
jetzt!

Das machten wir auch ausführlich und
wollen am Pfingstmontag wieder in
Berlin sein.

Das Motorrad ist 'ne Wucht. Inzwischen
überladen. Mit Champagner, Wein,
Souvenirs und neuen Kleidungsstücken
in zwei zusätzlichen Rucksäcken. Und
wir mittenmang in unserem neuen
Lebenstraum. Hedda schreibt jetzt
ausführlicher, detaillierter, sie
schreibt:

An meine große Schwester!
In einer beschaulichen Landschaft
tuckern wir bei traumhaft schönem
Wetter durch provenzalische Nester im
Département Vaucluse und Bouches-du-
Rhône, deren Namen mir immer noch im
Kopf herumschwirren wie Bonnieux,
Gordes, Lacoste, Lourmarin, Ménerbes,
Oppède-le-Vieux und Roussillion und,
und, und... Dabei saugen wir den Duft
violettblauer Lavendelteppiche
lungenspitzentief ein, erfahren neue
Duftklangteppiche inmitten von
Obstgärten, Olivenhainen und
sonnenbebrüteten Weinbergen.
Kontrastprogramm im stark bewaldeten
Département Var und Alpes-Maritimes,
wo die Landschaft dicht mit Eichen,
Korkeichen und Kiefern bewachsen ist.
Parfümeinkauf in Grasse. Ebenso der
Kauf mehrerer mit getrockneten
Lavendelblüten gefüllter Duftkissen
und einer dünnen Sommerdecke mit den
wunderbaren provenzalischen

Farbmustern im Blau der
Lavendelfelder, dem Orange der
Ockerfelsen und dem Gelb der
Sonnenblumen.
Atemberaubendes Eze am Spätnachmittag.
Blick auf eine malerische
Mittelmeerbucht, weit-
reichend bis nach Monaco und Italien.
Also sprach Zarathustra – so fielen
einem Philosophen namens Nietzsche
neue Worte ein, während er hier vor
mehr als einhundert Jahren
herumwanderte oder herumirrte oder
herumgeisterte – wie Armin meint.

Wir denken an Monaco und Monte Carlo
mit Casino. Fünfzig Französische
Francs wollen wir einsetzen. Nicht am
Spieltisch, sondern beim Füttern der
Slot Machines.

Die dicken Münzen verschwinden
innerhalb weniger Minuten. Doch dann
spuckt ein Automat mit Getöse den
Höchstgewinn aus. Sehr beeindruckend!
Das Geld reicht für eine Nacht im
Negresco und für einen Verlobungsring
– Überraschung!

Viele sonnige Grüße aus Südfrankreich
senden Euch
Hedda und Armin!

01.Juni 1968, Pfingstmontag

Überraschung, ja!
Eine Doppel-Überraschung, jaja!
Tatsächlich, am späten Nachmittag sind
sie zurück. Während Waschmaschine,
Dusche und Badewanne strapaziert
werden, liegt eine mitgebrachte
Flasche Champagner auf Eis. Berichte
und Erzählungen bis in die späte
Nacht. Und morgen werden 15 Filmrollen
à 36 Aufnahmen zum Entwickeln gegeben!

10.Juni 1968

Eigelstein wedelt mit der neuen
Ausgabe des Nachrichtenmagazins Der
Spiegel, worin eine Umfrage unter
Berliner Studenten des Godesberger
Instituts für angewandte
Sozialforschung abgedruckt ist, die
Vorurteile über ihre radikale Haltung
nicht bestätigt. Auftraggeber der
Studie über die politische Einstellung
der Studenten war der Senat in Berlin
(West). Das Gesamtergebnis der Umfrage
besagt, dass die große Mehrheit der
Studenten weder extrem links noch
extrem rechts orientiert ist, sondern
das demokratische System
funktionsfähig halten oder machen
will. Obwohl etwa die Hälfte der
Studenten mit linken Studenten-

Organisationen sympathisiert, bekennt
sich nur jeder zehnte als Anhänger des
Sozialistischen Deutschen
Studentenbundes (SDS).

Eigelstein:
„Bei 14.000 Studierenden sind das
1.400. Eher eine Minderheit, die aber
mit ihren dauernden Aktionen auf sich
aufmerksam macht, was gleichzeitig
Futter für Springers Schmierenpresse
ist. Für die Summe der Studenten ist
der Verlauf der vergangenen Monate
eher eine Summe von Niederlagen. Erst
das Attentat auf Rudi Dutschke, dann
die vergeblichen Springer-
Demonstrationen. Der Mai-Aufstand in
Paris ist in sich zusammengefallen und
hier die Verabschiedung der
Notstandsgesetze."

Hedda:
„Und bald soll es eine
Sonnenfinsternis geben!"
01.Juli 1968
Bundesrepublik im Reiserausch.
Die Bundesrepublik gehört weiterhin zu
den reisefreudigsten Nationen der
Welt. Gedrängel an den Gangways der
Urlaubsjets ist eine unangenehme
Begleiterscheinung des
Massentourismus, der sich mehr und
mehr wegen der verbilligten

Reisemöglichkeiten durch
Pauschalangebote auf den Luftverkehr
verlagert.
Hedda hält dagegen:
„Toujours Provence!"
20./21.August 1968
Prager Frühling zu Ende. Auf ein
angebliches Hilfeersuchen führender
tschechoslowakischer Politiker
besetzen Truppen aus fünf
Mitgliedsstaaten des Warschauer Paktes
die CSSR. Truppen der Sowjetunion,
Polens, Bulgariens, Ungarns und der
DDR überschreiten gleichzeitig die
Grenzen.

Sowjet-Panzer walzen auf dem
Wenzelsplatz den Prager Frühling
nieder. Moskau hat Angst vor dem
Sozialismus mit menschlichem Antlitz
des Reformers Alexander Dubcek. Mit
wehenden Nationalfahnen versuchen
aufgebrachte Tschechen, sowjetische
Militärs zu stoppen.

Obwohl Alexander Dubceks
Reformregierung die Bürger aufrief,
keinen Widerstand zu leisten, kommt es
trotzdem zu Tumulten und Schießereien.
50 Menschen sterben, Hunderte werden
verletzt. Um den Besatzern die

94

Orientierung zu erschweren, werden im ganzen Land Wegweiser und Straßenschilder abmontiert oder mit Aufschriften wie Moskau oder Berlin übermalt.

Auf Befehl Ulbrichts nehmen auch DDR-Soldaten an der Invasion teil. !!!Sie bleiben im Hintergrund aus Angst, mit den Nazi-Besatzern von 1939 verglichen zu werden!!!

23.August 1968

Moskau diktiert die Rücknahme der Reformen in der CSSR. Die aufgenommenen Verhandlungen enden mit der Unterzeichnung des sog. Moskauer Protokolls, das von der CSSR die Wiedereinführung der Zensur und den Verzicht auf die Zulassung neuer politischer Parteien erzwingt. Die UDSSR stellt als Gegenleistung nach Erfüllung der Bedingungen einen schrittweisen Abzug der Besatzungsmacht in Aussicht und verzichtet darauf, eine neue Staats- und Parteiführung in der Tschechoslowakei einzusetzen. Entgegen der Zusage im Moskauer Protokoll, die innere Verwaltung während der Besetzung allein der tschechoslowakischen Regierung zu überlassen, nehmen etwa 900 Mitglieder des sowjetischen Geheimdienstes, die tschechisch und slowakisch sprechen, ihre Arbeit in Behörden und Dienststellen der CSSR auf. Eine Welle von Verhaftungen missliebiger Bürger setzt ein. Die Invasionstruppen ziehen sich in Militärstützpunkte zurück und die Lage beginnt sich zu normalisieren.

Bei aller Ablehnung der sowjetischen Hegemonialpolitik wird das Bemühen der westlichen Regierungen spürbar, den langsam anlaufenden Prozess der Entspannung zwischen den Supermächten nicht zu gefährden.

Der britische Premierminister Harold Wilson warnt in einer Rede vor dem Unterhaus in London vor unüberlegten Boykottaktionen. Wie auch die Bundesregierung spricht er sich für eine Fortsetzung der Entspannungsbemühungen auf der Basis der Sicherheitsgarantien des Nordatlantikpakts (NATO) aus.
22.September 1968
In Berlin wird eine partielle Sonnenfinsternis beobachtet, die um 10:32 Uhr begann und um 11:37 Uhr

ihren Höhepunkt erreichte, als mehr
als ein Drittel der Sonnenscheibe
verdeckt war.

01.Dezember 1968
Trotz ungestümer Politisierung findet
der Tod der Literatur nur in den
Seminarzirkeln statt.

Die Dynamik der bundesdeutschen
Literatur der 60er Jahre entspringt
zum überwiegenden Teil der Abgrenzung
gegen die Entfremdung, die die
Schriftsteller in ihrer Umwelt sehen.
Ihre Absicht ist es, die wahre
Identität des Individuums gegen eine
Gesellschaft zu verteidigen, in der
die Kreativität und Individualität
ihrer Mitglieder unterdrückt werden.
Autorität, Arbeitsteilung und
Klassenschranken verfallen daher der
Kritik der Schriftsteller, deren Werke
1968 einen deutlichen Hang zur
Politisierung haben. Ein kleiner
Stapel von einschlägigen Büchern
zirkuliert zwischen unseren Wohnungen
– als da sind: Siegfried Lenz
Deutschstunde, Alexander Solschenizyn
Der *erste Kreis der Hölle*, Karl
Steinbuch *Falsch programmiert*, Klaus
Mehnert *Der deutsche Standpunkt*,

Johannes Mario Simmel *Alle Menschen werden Brüder* und Jean-Jacques Servan-Schreiber *Die amerikanische Herausforderung.*

24.Dezember 1968, Weihnacht
Farb-TV und Gänsebraten.
Sehr gefragt sind auch Datteln, Feigen, Mandeln, Nüsse und Apfelsinen, die aus aller Herren Länder kommen und den bunten Weihnachtsteller füllen. Besonders häufig steht an diesem Weihnachtsfest in den bundesdeutschen Wohnzimmern ein Farbfernseher unter/neben dem Christbaum. Während in den ersten acht Monaten des Jahres nur 100.000 Geräte abgesetzt werden konnten, findet das bunte Heimkino im letzten Jahresdrittel noch weitere 150.000 Weihnachts-Käufer.

Die Villa von Eigelsteins Tante füllt sich. Besuch von Eigelsteins Mutter aus Köln und der Mutter von Hedda, Frau von Kamecke, dazu Heddas ältere Schwester Amalie. Eine brisante Mischung mit Strom in der Tapete!

Hedda:
„Heute geben Armin und ich unsere Verlobung bekannt. Ich bin glücklich im dritten Monat schwanger und erwarte

eine Mehrlingsgeburt. Früh im Neuen
Jahr wollen wir hier in Berlin
heiraten. Nach der kirchlichen Trauung
haben wir eine Kutschfahrt zum
Restaurant ins Auge gefasst."

Süßer die Glocken nie klingen!

Ich lege nach:
„Heute geben Amalie und ich unsere
Verlobung bekannt. Amalie und ich
denken früh im Neuen Jahr an eine
Doppelhochzeit und die Idee mit der
Kutschfahrt finden wir ebenfalls sehr
gut - mit Motorrad und Beiwagen sähe
das wohl nicht so feierlich aus."

Süßer die Glocken nie klingen!
Die Vinylscheibe hakt, hakt im
richtigen Moment und die gemeinsame
Mitternachtsmesse entfällt. Dafür
Familienaufruhr vom Feinsten bis in
die Morgenstunden.
25.Dezember 1968
Ein Tag der eckigen Augen vor der
bunten Flimmerkiste und zwei
mehrstündige Spielrunden von Monopoly.
26.Dezember 1968
Schneefall am zweiten Weihnachtstag
bringt die ersehnte weiße Pracht.
31.Dezember 1968
Jahresausklang mit Riesenfete auf dem
Kurfürstendamm.

Rückblick auf ein turbulentes Jahr, in dem sich die Ereignisse oft überschlugen, besonders im politischen Bereich. Viele Bundesbürger verlieren jedoch spätestens um Mitternacht, beschwingt von Bowle, Sekt und anderen Spirituosen, politische Ereignisse aus den Augen und beteiligen sich am Riesenfeuerwerk für mehr als 55 Millionen DM.

Keine Mühe gescheut hat Berlin (West), das seit dem 28. Dezember auf dem Kurfürstendamm sein Silvesterfestival veranstaltet, eine neue Nonstop-Monster-Fete mit Bierzelten, Würstchenbuden, Amüsierständen und jede Menge Musik für jeden Geschmack.

01.Februar 1969
Letzte Auslandsreise von Bundespräsident Heinrich Lübke führt an die Elfenbeinküste. Die letzte Auslandsreise verläuft ohne Zwischenfälle dank sorgfältigster Ausarbeitung aller Redetexte. Sein bereits legendäres equal goes it loose ist für uns Quell aller Heiterkeiten während der anstehenden Hochzeitsvorbereitungen im Doppelpack.

15.Februar 1969
Hochzeit im Doppelpack in weißer Kutsche!

Aus Heddas Schwesternschaft die achtfache Gruppierung im blauen kompletten Uniformensemble.
Im Spalier die aus Armins farbentragenden Bundesbrüder mit Band, Mütze und Zipfelbund.

Die Freudentränen.

Die umtriebigen Fotografen.

Die auf Brautsträuße spechtenden Kutschpferde.

Der diskrete Gerd Bucerius aus Hamburg.

Das Du-Anbieten:

Marcell, ja! Mit Betonung auf der zweiten Silbe mit dem Doppel-LL, haha!

Friederike, sagen wir Frieda! Ich bin Hella! Und ich Adelheid!

Amore mio – Amalie!

Meine Universalreden bei Tisch und Speis und Trank.

Laut Hedda strampelt das Duo unter ihrem Herzen.

Ja, so ein wunderschöner Tag wie heute, der dürfte nie vergehn!

19.Mai 1969
Schon sehen wir uns schon wieder. Gerd
Bucerius und ich. In Hamburg, denn
beim STERN werden die Gläser gefüllt.
Zu feiern ist der Abschluss eines
Redaktionsstatuts, in dem die Verleger
Dr. Gerd Bucerius und John Jahr Senior
den 155 STERN-Journalisten
Mitbestimmungsrechte zugestehen, wie
sie zuvor in Pressehäusern undenkbar
waren.
26.Mai 1969, Pfingstmontag
Die am 18. Mai gestartete Raumsonde
Apollo 10 landet im Pazifik. Dieser
letzte Vorbereitungsflug zur
Mondlandung wird als erfolgreich
beurteilt.

Hedda kommt zur Mittagszeit nieder mit
zwei gesunden Wonneproppen.

Armin:
„Toll! Wir haben jetzt einen Apollo
und eine Artemis."
Hedda:
„Onkel Marcell, was meinst denn du
dazu?"
„Gratuliere! Ein Hoch auf die Antike!
Weitermachen!"
16.Juli 1969
Das Gesetz über die Universitäten des
Landes Berlin (Universitätsgesetz)
tritt in Kraft. Mit diesem Gesetz wird

die Ordinarienuniversität durch die Gruppenuniversität ersetzt. Die Fakultäten werden durch Fachbereiche ersetzt, an die Stelle des Rektors tritt ein auf sieben Jahre gewählter Präsident. In Selbstverwaltungsgremien der FU sind fortan neben den Professoren auch die wissen- schaftlichen Mitarbeiter, die sonstigen Mitarbeiter und die Studentenschaft paritätisch vertreten.
20.Juli 1969
Apollo 11 bringt die ersten Menschen auf den Mond. Ein Menschheitstraum wird Wirklichkeit. Die US-Astronauten Neil Armstrong und Edwin Aldrin betreten als erste Menschen den Mond. Das Ereignis lockt Millionen Menschen auf der Welt vor den Fernseher und Neil Armstrong richtet seine Worte an die Menschheit:
That's one small step for man, one giant leap for mankind. (Für einen Menschen ist es nur ein kleiner Schritt, für die Menschheit aber ein gewaltiger Sprung).
14.August 1969
Wieder familiärer Starkstrom in der Tapete!
Hedda und Armin wollen in die USA fliegen, denn dort soll die Woodstock Music and Arts Fair vom 15. bis 17. August stattfinden. Mit einem

Superaufgebot von mehr als dreißig
bekannten Größen aus der Rock-, Pop-
und Folkszene.
Amalie:
„Immer meine kleine Schwester Hedda!‟
Hedda:
„Na, klar!‟
Amalie:
„Und ich?
Du denkst wohl, ich säuge derweil die
Frischlinge?!
Ihr geht aus und ich bleib da?
Wohl kaum!
Mein Augenstern, höchste Zeit für
einen gemeinsamen Abflug nach Amerika.
Mit Marcell inklusive!‟
„Gut gesprochen, Amalie!
Aber wenn wir schon mal in der Region
jenseits des großen Teiches sind, dann
machen wir auch noch Kuba in Memoriam
Che Guevara. Will sagen: Adelheid,
Frieda und Hella heben das
Aktionsbündnis Apollo und Artemis für
eine Woche aus der Taufe.‟
Plötzlicher Unglauben wegen meiner
Logistik zum Überleben auf einem
ausgelobten amerikanischen Acker sowie
in der kubanischen Pampa.
Ich präzisiere:
„Also, zwei mal drei Tage
Ausnahmezustand. Wir kommen verdreckt
zurück. Wie die Schweine. Glaubt mir,
nur der Abwurf sämtlichen Ballastes

und Dauerduschen danach bringt uns wieder zurück in die Zivilisation, wirklich!"
Armin nickt zustimmend. Vermutlich denkt er an Hamburg 1966. An seine Flohbisse an beiden Unterarmen und an das Dauerduschen danach. Einen Verbündeten habe ich: Armin!
„Wir starten unsere Aktion im US-Army-Verkauf im Mief von Billigresten. Rucksäcke, Schlafsäcke, Isolierunterlagen, Minizelte, Hosen, Hemden, Parkas und Regenponchos – alles in Oliv. Dazu Kochgeschirr, Taschenlampen und Feldflaschen. Und noch die notwendige Basisausstattung an Büchsen- und Tütennahrung. Keinesfalls vergessen: Fremdwörterlexikon deutsch/englisch und deutsch/spanisch. Dazu mehrere deutsche Landschafts-Bildbände und Kuckucksuhren.
Wofür? Für neue Freunde!"
17.August 1969
Legendärer Höhepunkt der Hippiebewegung: Eine halbe Million Jugendliche kommen zum Woodstock-Festival auf dem Farmgelände beim Künstlerdorf Woodstock im Staat New York. Aufgrund des gigantischen Ausmaßes der Veranstaltung sowie des friedlichen Ablaufes wird Woodstock wohl zum Inbegriff der Love-and-Peace-

Bewegung werden und als Mythos eines
Drei-Tage-Wunders vermittels
Woodstock-LPs und eines
Dokumentarfilms des US-amerikanischen
Kameramanns Michael Wadleigh
Geschichte schreiben. Der Rahmen der
Veranstaltung wird gesprengt, als sich
statt der erwarteten 60.000 Teilnehmer
die Zahl auf eine halbe Million
auswächst. Die Straßen der Umgebung
sind kilometerweit verstopft. Die
Musikgruppen, Nahrung und Trinkwasser
werden eingeflogen. Während drei Tagen
lagern wir zusammen mit Jugendlichen,
Studenten, Musikern und Blumenkindern
auf dem Farmgelände Körper an Körper.
Bei Sonne, Regen und Sturm wird in
Autos und Schlafsäcken und Zelten
kampiert und kopuliert und Marihuana
gepafft. Eine durchnässte, verdreckte
aber glückliche halbe Million hat Spaß
und hört die Musik aus der Rock-, Pop-
und Folkszene. Unter den auftretenden
Musikern befinden sich *Janis Joplin,*
Joan Baez, Jo Cocker, Richie Havens
und Jimi Hendrix. Und es spielten
Rockgruppen wie *Country Joe & The*
Fish, Crosby, Stills, Nash & Young,
The Who, Jefferson Airplane, The
Butterfield Blues Band und Canned
Heat.

Höhepunkt und unvergessener krönender

Abschluss ist *Jimi Hendrix* mit seiner unerhörten Version von Star Spangled Banner der US-Nationalhymne als eine jaulende und quietschende Kriegserklärung an den Vietnam-Krieg und an alle Obrigkeit.
Die Analyse der drei Festivaltage ist summa summarum positiv.
20.August 1969
Die weit vormals getroffene Entscheidung, via Havanna nach Berlin zurückzukehren, erweist sich als ein Kontrastprogramm!

Schon die Hinreise setzt Signale, denn Flugzeuge von New York nach Kuba gibt es nicht, weil die Regierung der USA ein Handelsembargo verhängt hat. In Mexico müssen Visa besorgt werden, und von dort aus geht es weiter auf die Insel mit einer Iljuschin-Maschine der Cubana de Aviación.

Wir wählen nach Ankunft den größten verfügbaren amerikanischen Taxi-Oldtimer für unser Vorhaben.

In Havanna registriere ich sofort negative Veränderungen!

José, unser Fahrer, wohl zehn Jahre älter als ich, bemerkt ungefragt mit einer weit ausholenden larmoyanten

Geste, als wir uns als Wirtschafts-
wissenschaftler aus West-Berlin
vorstellen und für vier Tage auf einem
Kombitrip von Wissenschaft und
privatem Engagement auf der Suche nach
Informationsgewinnung unterwegs sind,
wobei wir das ländliche Kuba
bevorzugen – daher auch unsere
unkonventionelle Ausrüstung – also
José bemerkt ungefragt ganz gezielt:
„Yo entiendo, hier eine revolutionäre
Offensive, die die Regierung im Sommer
1968 ausrief. Das ist nichts Neues.
Schließlich blüht der Schwarzmarkt.
Das fängt schon damit an, dass
importierte Maschinen im Hafen
ausgeschlachtet und zerlegt werden, um
Ersatzteile zu beschaffen, die überall
fehlen."
Ich habe verstanden: Zuerst Gasoline!
Ich habe verstanden: Sodann Einkauf im
Spezialgeschäft!
Er fährt mit uns ausländischen
Experten zu einem Laden, in dem es
vieles gibt, was für den normalen
Kubaner nicht zu haben ist. Während
die Frauen im Oldtimer warten und aus
guter unbeobachteter Position mit
ihren Fotoapparaten ringsum das Leben
ablichten, begleiten wir José, der
nach Herzenslust einkaufen soll –
angefangen von Lebensmitteln aller

109

Art, bis hin zu Batterien, Glühbirnen, Pflaster und Zahnpasta. Dabei erkläre ich Armin das Wort Bückware und raste in einem verbalisierten Schmerzensschrei aus:
„Sozialismus... blödsinniges Wort... Was für Sonntagsredner... Wie in zehn Jahren wird Kuba den höchsten Lebensstandard der Welt haben... Wie am Ende dieses Jahres werden keine Lebensmittel mehr rationalisiert sein... Die Quatscher... Die Allwissenden in wirtschaftlichen Belangen... Der Che, der Bedauernswerte mit seinem Konterfei auf kragenlosen Hemden und Wellblechhütten... Die unendliche Geschichte, unendlich kopiert und fortgeschrieben nach sowjetischer Lesart... Armin, hier und jetzt... Also, wo sind denn die Früchte der Revolution, die das Volk genießen kann?"

Armin:
„Huck!
Doktor Marcellus Narrat hat gesprochen!"

Die Kostbarkeiten legen den Oldtimer tiefer und lassen ihn schlingern.

Nein, in einem Hotel in Havanna wollen
wir nicht übernachten! Wofür haben wir
denn unsere Schlafsäcke?

In Alt-Havanna bringt uns José zum
Übernachten in der Ballet School and
National Center for Gymnastics diskret
unter. Im Schein unserer Taschenlampen
entrollen wir die Schlafsäcke in der
Ballet School unter Barren, Reck und
Ringen und wachen wieder auf in einer
monumentalen Halle mit einer von
Säulen getragenen Barockdecke. Die
Wucht des Visuellen fesselt mich. Und
jeder wachsende Schimmelfleck ruft
eine Reflektion wach, wobei das
Grundlegende, auf das sich alle
Geschichten beziehen, immer zwei
Gesichter hat: Der unvermeidliche Tod
und das Leben, das weiter geht.

Also, weiter!
Auch auf dem Lande beim Passieren der
Provinz Pinar del Río erkenne ich
keinerlei Verbesserungen für die
Bevölkerung. Meine gewachsenen
Irritationen und Enttäuschungen
behalte ich bei mir. Dagegen sieht und
erlebt meine gemischte junge
Compañero-Truppe den Trip vermittels
vieler berauschender Naturschönheiten.
Ebenfalls in den liebevoll bebauten

Plantagen und in der ergreifenden
Gastfreundschaft der Bevölkerung. Hier
ticken jetzt die Kuckucksuhren!

Im Ron-Blanco-Rausch erscheint mir Che
zusammen mit Jimi auf einer opulent
geschwängerten Marihuana-Havanna-
Zigarrenwolke mit jaulenden Gitarren
und Lyrics:
„Das Leben ist ein Witz.
Viel zu viel Verwirrung.
Die Frauen kommen und gehen.
Hier und heute bin ich der Joker!"
„Ja, und wo bin ich heute?
Und du, Che?
Siehst dir die Gänseblümchen von unten
an.
Viel zu viel Verwirrung.
Auch in Berlin.
Tosende Tumulte und ich mittendrin!"
25.August 1969
Bei einem langen Londoner Stopover
häuten wir uns und, nachfolgend
gewandet in wilde Flower-Power-Hippie-
Outfits, behängt mit unseren
Fotoapparaten und prallen Duty-
Free-Shop-Bags, kehren wir weit nach
Mitternacht in Berlin heim.

Adelheid, Frieda und Hella sind wie
von Sinnen.

Apollo und Artemis quietschen.

Die Bilanz unseres Kuba-Abstechers ist
eine tiefgreifende zwiespältige
Berührung.
Punkt.
16.Oktober 1969
Politisierung der Literatur entfaltet
ihre volle Wirkung. Nach Eröffnung der
Frankfurter Buchmesse ist zu erkennen,
dass die Politisierung des Literatur-
und des Buchmarktes vor dem
Hintergrund der sozialen und
politischen Aufbruchsstimmung weiter
anhält.

So setzt der vor fünf Jahren
gegründete Westberliner Verlag Klaus
Wagenbach mit seiner Taschenbuchreihe
Rotbücher neue Zeichen in der
Verlagslandschaft der Bundesrepublik.
Zum erklärten Ziel dieses Verlages
gehört dabei die Diskussionsförderung
trotz ungleicher Partner, um somit
Öffentlichkeit zu suchen, anstatt die
veröffentlichte Meinung als Wahrheit
zu verbreiten.
Und neben Büchern, basierend auf dem
in den vorangegangenen Jahren
eingeläuteten Durchbruch zu neuen
Formen und Themen wie
Dokumentarliteratur von Erika Junge
mit ihren *Bottroper Protokollen* oder
von Günter Wallraff mit seinen

Reportagen aus der Arbeitswelt, stehen
Bestseller wie der Roman *Deutschstunde*
von Siegfried Lenz oder der Mafia-
Roman *Der Pate* von Mario Puzo weit
oben in der Gunst der Leserschaft.

22.Oktober 1969
Brandt mit drei Stimmen Mehrheit zum
Kanzler gewählt.
So vermeldet die Westdeutsche
Allgemeine Zeitung (WAZ) auf ihrer
Titelseite. Erstmals in der Geschichte
der Bundesrepublik wurde mit Willy
Brandt ein Sozialdemokrat zum
Bundeskanzler gewählt.
„Ich bin zufrieden, dankbar für das
Vertrauen und ein bisschen stolz, dass
ich dieses hohe Amt jetzt ausüben
darf", sagte Willy Brandt.
28.Oktober 1969
Regierungserklärung gilt als
Meisterwerk.
Bundeskanzler Willy Brandt (SPD) gibt
vor dem Bundestag in Bonn seine
Regierungserklärung ab. Sie ist
geprägt von der Leitidee "Mehr
Demokratie wagen" und gilt als bisher
anspruchsvollste in der Geschichte der
Bundesrepublik. In dem Entwurf zu
Brandts Regierungserklärung im
Abschnitt zur Deutschlandpolitik ist
zu lesen:

„Aufgabe der praktischen Politik in
den jetzt vor uns liegenden Jahren ist
es, die Einheit der Nation dadurch zu
wahren, dass das Verhältnis zwischen
den Teilen Deutschlands aus der
gegenwärtigen Verkrampfung gelöst
wird."
Und:
„Die Deutschen haben nicht nur ihre
Sprache und ihre Geschichte gemein,
mit ihrem Glanz und ihrem Elend; wir
sind alle zu Haus in Deutschland. Wir
haben auch noch gemeinsame Aufgaben
und gemeinsame Verantwortung für den
Frieden unter uns und in Europa."
Und:
„20 Jahre nach Gründung der
Bundesrepublik Deutschland und der DDR
besteht die Notwendigkeit, ein
weiteres Auseinanderleben der
deutschen Nation zu verhindern, also
über ein geregeltes Nebeneinander zu
einem Miteinander zu kommen."
24.Dezember 1969
Große Grippewelle an Weihnachten. Die
Bundesrepublik wird – wie weite Teile
Europas – zu Weihnachten von einer
schweren Grippewelle heimgesucht.
Dabei sterben mehrere hundert
Menschen. In Großbritannien gibt es

bis Weihnachten 284 Grippetote. In der
Bundesrepublik sind es 39 verstorbene
Menschen.

Wieder belebt sich die Villa. Frieda,
Hella und Adelheid hätscheln Apollo
und Artemis. Wieder ist Strom in der
Tapete und es knistert gewaltig!
Hedda:
„Ich bin im vierten Monat schwanger."
Amalie:
„Ich bin wohl auch im vierten Monat
schwanger."

Ich kann mir nicht verkneifen,
deregulierend einzuwerfen:
„Unser Nachwuchs bekommt jetzt
Vornamen von legendären Woodstock
Rock-, Pop- und Folkgrößen oder von
kubanischen Revolutionären oder von
Rum- und Zigarrennamen.
Und im kommenden Jahr wollen Armin und
ich einen Herrenausflug zur Fußball-
Weltmeisterschaft in Mexiko machen."

Der Kirchgang fällt wiederholt aus.

Vereint vor dem TV-Gerät sehen und
lauschen wir der übertragenen
Weihnachtsansprache von Willy Brandt,
in der er sagt:
„Die Lage derer, die im Schatten
leben, wird allzu leicht übersehen in
einer Zeit, die den meisten von uns

115

mehr als das tägliche Brot gewährt.
Nachbarschaft, im rechten Sinn
verstanden, ist eine Verpflichtung zur
Hilfe und zum Verständnis."

31.Dezember 1969
DIE ZEIT zeigt "Das neue Jahrzehnt".
Es ist die Premiere für das Zeit-
magazin als künftige Wochenendbeilage
dieser überregionalen Zeitung. Es
präsentiert mit seiner Nullnummer eine
Grafik mit Blick auf die siebziger
Jahre.
Erinnere mich an den Genius und
Gestalter
dieses Covers, erinnere mich an Willy
Fleckhaus und gleichzeitig auch an den
Oberarzt Franz von Haindorf, der in
Österreich den ersten Herz-
schrittmacher im Jahr 1963 im
Allgemeinen Krankenhaus der Stadt Wien
(AKH) einem Patienten einsetzte, und
den ich ebenfalls beim Empfang von
Gerd Bucerius im Mai dieses Jahres
kennenlernte.

Erst vor einigen Monaten hatte er Gerd
Bucerius in Wien ohne Komplikationen
einen Herzschrittmacher implantiert.
Franzens forsche Formulierungen
beeindruckten mich. Er propagierte das
Betreiben von Forschung, Lehre und

medizinischer Versorgung als
gleichwertige Kernaufgaben (mission
tripartite), wobei sich im klinischen
Bereich demnach Forschung und Lehre
sowie Krankenbehandlung gegenseitig
unterstützen.

Wir waren sofort auf gleicher
Wellenlänge. Zwar in zeitlich
verschiedenen Filmen aber – wie auch
immer – wir waren beide
zukunftsorientiert und
zukunftsbefrachtet.
Habe ihm meine spezielle medizinische
Vita allerdings nicht gesteckt,
nachdem wir schnell beim Du waren.
Doch irgendwie hinterließ diese
Begegnung in mir ein abstraktes Bild
einer Kreuzung, wobei wir, im
Kreuzungsknotenpunkt stehend, im
Goldenen Schnitt, und dabei den
brausenden Verkehr spielerisch
regelten. Mit seiner Einladung nach
Wien, die ich gerne angenommen habe,
verabschiedeten wir uns.

In einer heutigen Zeitungsmeldung wird
berichtet: Der weltberühmte Star Club
in Hamburg-St. Pauli muss aus
wirtschaftlichen Gründen aufgeben und
schließen.

Bei der Böllerei meine ich, die bösen

Geister verjagt zu haben und bin mit
der Bilanz des vergangenen Jahrzehnts
voll und ganz zufrieden.

01.Januar 1970
Aufbruch ins neue Jahrzehnt: Zur
Jahreswende sprechen führende
Politiker der westlichen Welt von
einem Wandel der internationalen
Politik zugunsten von Frieden und
Entspannung. Eine Ära der
Verhandlungen soll in den 70er Jahren
die Ära der Konfrontation ablösen, wie
US-Präsident Richard Nixon betont.

Besonders die Bundesregierung treibt
den europäischen und internationalen
Entspannungsprozess zwischen NATO und
Warschauer Pakt mit ihrer neuen
Deutschland- und Ostpolitik voran. Ein
Ende des kalten Krieges bahnt sich an.

16.Januar 1970
Schneesturm und Chaos.
Starke Schneefälle, Ostwind mit
Sturmböen und eisige Kälte führen zu
zahlreichen
Behinderungen und Notlagen und
teilweise zum völligen Zusammenbruch
des Verkehrs. Obwohl sich Bundeswehr
und Feuerwehr im pausenlosen Einsatz
befinden, türmt der Wind bei
Dauerschneefall teilweise zwei Meter
hohe Schneewehen auf. In einer
Riesenwehe bei Oldenburg

verschwinden etwa 100 PKW. Viele
Dörfer sind von der Umwelt
abgeschnitten und Züge der Bundesbahn
bleiben stecken. Die winterliche
Katastrophe fordert vier Todesopfer.
21.März 1970
Keine gemeinsame Basis mehr für die
Zukunft des SDS.
Auf einer öffentlichen Versammlung in
Frankfurt am Main beschließt der
Bundesverband des Sozialistischen
Studenten Deutschlands (SDS) seine
Selbstauflösung. Der ursprünglich der
SPD-nahestehende Studentenverband
entwickelte sich in den vergangenen
Jahren zu einer der bedeutendsten
Gruppierungen innerhalb der
außerparlamentarischen Opposition
(APO). Ihre Mitglieder, u. a. Rudi
Dutschke, waren aktiv an den
Auseinandersetzungen um die
Hochschulpolitik beteiligt und
organisierten Demonstrationen gegen
den Vietnamkrieg und den Springer-
Konzern. Mit dem Abflauen der
Studentenrebellion begann auch der
Niedergang des SDS.

Am heutigen Samstag meldet sich Gerd
Bucerius bei mir. Ja, er sei in Berlin
und habe am Abend keine
Verpflichtungen.

Soll er doch in die Villa kommen, da werde ihm der Kopf verdreht im Chaos von Apollo und Artemis unterm expressionistischen Bild von Kandinsky, betitelt "Schweres Rot", das ich beizeiten deutlich höher hängte.

Bei einem trockenen Riesling äußert er spontan:
„Sie haben ja so recht, die Jungen, sie haben ja so recht! Natürlich durchschaue ich das Illusionäre ihrer politischen und wirtschaftlichen Ziele, aber ich beneide sie um ihren Glauben und ihre Redlichkeit. Die Gesellschaft wird sich vor ihnen bewähren müssen."
Armin:
„Ich erlebte tobend die Jahre ab 1967, erlebte die Zeit der politischen Radikalisierung wie einen wilden Experimentalfilm. Viele Schnitte, Szenen hier, Szenen dort. Gefasst in Worten von Ernst Jandl: Lechts und rinks kann man nicht velwechsern.
Der größte Teil der bei der Studentenrebellion involvierten kritischen jungen Menschen lehnen Gewalt als Mittel zur gesellschaftlichen Veränderung klar ab. Sie lassen sich nicht von abgedrehten Typen durch deren

Tarnvokabeln wie Gegengewalt oder die theoretische Trennung in Gewalt gegen Sachen und Gewalt gegen Menschen beirren. Irgendwie leiden diese Heißsporne unter totalem Realitätsverlust."
„Hört! Hört!"
„Es wird böse enden – wie im Film Zur Sache, Schätzchen, in dem der Hauptdarsteller mit diesen Worten dauernd herumnölt. Übrigens, ein aktueller Film mit Kultstatus, der unser Lebensgefühl trifft."

„Tja, dann gehen wir jetzt zum gemütlichen Teil über, Armin lass bitte Luft in die nächste Schlegelflasche!"
01.April 1970
Kein Aprilscherz!
Amalie bringt etwas verfrüht eine gesunde Tochter zur Welt. Wir sind jetzt eine glückliche Kleinfamilie mit Kind April. Der Name kommt aus dem Englischen und bedeutet Frieden – passt doch gut in unsere heutige Zeit.

Hedda:
„Da habt ihr Woodstock mit Love&Peace gut eingebracht!"
15.Aprli 1970
Trennung der Beatles – Ende einer Ära. Mit der Trennung beschließt die

bislang erfolgreichste Musikgruppe ihre Karriere. Bis 1970 machten sie einen Gesamtumsatz von mehr als 500 Millionen DM. Die britische Königin verlieh den vier aus Liverpool stammenden Musikern einen Orden. Mit ihrer Musik haben sie die 60er Jahre geprägt. Die Plattencovers mit den Vinylscheiben stehen bei uns in den Regalen ganz vorne, zum Beispiel *Revolver* oder *Sergeant Pepper* oder *Abbey Road*.

17.April 1970
Hedda bringt einen gesunden Sohn zur Welt

Armin:
„Gut so – einmal Zwillinge, das reicht!"

Hedda:
„Bei der Namensfindung Ernst dachten wir natürlich an Ernesto. Dieser ist aber hier in Deutschland ungebräuchlich und könnte bei der standesamtlichen Eintragung nicht akzeptiert werden. Dabei ist der Name Ernst gutbürgerlich und rückt nun als Der Entschlossene seinem Bruder Apollo auf den Pelz."

14.April 1970
Ulrike Meinhof befreit Andreas Baader. An der gewaltsamen Befreiung des wegen

Kaufhausbrandstiftung zu drei Jahren
Zuchthaus verurteilten Strafgefangen
Andreas Baader beteiligt sich Ulrike
Meinhof. Trotz einer Großfahndung, die
nach der Flucht durch die Berliner
Polizei eingeleitet wird, können die
Täter ins Ausland entkommen. Die
Tatsache, dass Ulrike Meinhof diesen
Schritt in die Illegalität getan hat,
bedeutet das endgültige Aus ihrer
journalistischen Laufbahn.
Armin:
„Ihre Kolumnen in der linken
Zeitschrift konkret habe ich
regelmäßig gelesen, pointiert
formuliert von einer journalistischen
Edelfeder. Ihre wahren Gründe werden
wir wohl nie erfahren, aber im Zuge
ihrer politischen Radikalisierung und
der sich daraus ergebenden Differenzen
zu weiten Teilen der übrigen
Mitarbeiter, schrieb sie am 26.04.1969
in der *Frankfurter Rundschau*:
Ich stelle meine Mitarbeit jetzt ein,
weil das Blatt im Begriff ist, ein
Instrument der Konterrevolution zu
werden, was ich durch meine Mitarbeit
nicht verschleiern will."

„Hört! Hört!"

„Es wird böse enden, wie bereits
erwähnt."

„Zum wievielten Male habt ihr euch
diesen Kultfilm denn schon angesehen?"

„Bestimmt fünf Mal. Dabei habe ich mir
den Faultierspruch gut gemerkt:
Ich mag es nicht, wenn sich die Dinge
morgens schon so dynamisch
entwickeln...
Und den lasse ich am Wochenende los,
wenn Hedda noch vor dem Frühstück
ihren Masterplan der sonntäglichen
Unternehmungen ausbreitet."

„Aha! Mal sehen, was da bald auf mich
zukommt. Doch aktuell wollen wir beide
in Mexiko die neunte
Fußballweltmeisterschaft miterleben."

Ende
‖

‖
31.Mai 1970, anbei zwei eingelegte
Telegramme aus Mexiko-Stadt:

Time 20:18 PM
110.000 Zuschauer bei der feierlichen
Eröffnungszeremonie im Aztekenstadion
bei brütender Hitze. Und wir sind
dabei!
Viele liebe Grüße von
Marcell und Armin

Time 23:47 PM
Bei Rückfahrt zum Hotel in eine
Schießerei rivalisierender
Drogenbanden geraten.
Marcellus erschossen.
Wurde selbst angeschossen.
Primäre Versorgung in einem Hospital.
Habe einen US-Ambulanz-Flieger mit
intensivmedizinischer Ausstattung
gechartert.
Ankunft Berlin ungewiss.
Armin

5
SOMMERSONNENSEE

Also:
Ich bin der JO.
Ich bin ein FRENCH BULLY.
Ich bin schwarz und weiß gezeichnet.
Ich bin quadratisch und modern.
Und ich bin der Joker!

Mein Herrchen Konrad hat gerade eine neue kreative Phase. Jetzt, im Wonnemonat Mai, arbeitet er im hinteren Gartenareal in einem Blockhaus mit Atelier, Küchenzeile und Schlafstatt, die tagsüber eine schwarzweiß gesprenkelte Kuhhaut ziert und die mir zugestandenermaßen als Wohlfühlbelag dient.

Ich vermute dabei einerseits einen Designerfimmel meines Herrchens, der mich mit meiner Fellzeichnung darauf beinahe unsichtbar macht, andererseits einen spaßigen Überraschungseffekt, wenn ich bei Besuch beinahe farblich deckungsgleich abhebe, denn Spaß muss sein, so sprach schon Wallenstein!

Genau!

Dicht hinter dem Holzhaus verläuft der Gartenzaun mit Tor, wodurch man in den Dungweg gelangt. Dieser schmale Weg ist üblich bei einer Reihenhausbebauung und erlaubt die Abfuhr der Gartenabfälle, die somit nicht durchs Haus getragen werden müssen. Ich bin nicht auf ein geöffnetes Gartentor bei meinen erweiterten Alleingängen angewiesen, da es zwei Hundeklappen für meine Körpergröße gibt.
Jawohl!
Zwei!

Eine für Reggae-raus, die andere für Reggae-rein –
oder umgekehrt. Auf diese Art und Weise kann Renate,
diese Granate, mich diskret im Garten besuchen. Das
funktionierte bis zu dem Tag, als sie stecken blieb, weil sie
bereits fortgeschritten trächtig war.

Anlass für mein Herrchen, eine ultimative
Videoüberwachungsanlage mit Bildübertragung sowohl
ins Wohnhaus als auch ins Blockhaus zu installieren und,
hier besonders elegant gelöst, da ich vom Schlafstatt-
Hügel her mit Kuhfell auf den Flachbildschirm blicke –
selbstverständlich in Farbe und in 3-D-Qualität und mit
Dolby-Surround-Berieselung, wobei mein Super-
Riechhirn nur mäßig gefordert wird. Macht nichts, mir
genügt Kuhfellgeruch mit Frühlings-Feeling, allerdings
gebremst, denn Renate, diese Granate, weilt wiederholt in
Luxemburg bei einem Deckrüden, mein Sohn muss auf
Anordnung seines großen grünen Oberhauptes einen Kurs
für Agility, Obedience und Weight Pulling ableisten und
mein Herrchen matscht mit Wasserfarben auf Papier.

Auf Papierrollen.

Auf Tapetenrollen!

Seine überbordenden Ergüsse entstehen zuerst auf
einer Kurzstrecke der bedruckten Tapete, wobei das
vorhandene Muster variiert oder verändert wird. Nach
Umklappen im feuchten Zustand entweder auf den
folgenden Tapetenabschnitt oder auf die unbedruckte
Tapetenrückseite entsteht ein Gesamt-Œuvre mit

spiegelbildlich repetierten Variationen, die zum Doppel- oder Dreifach-Œuvre zusammengefügt werden. Das exakte Prozedere mit detaillierten Tabellen von Feuchtigkeits-Messungen und Wasserfarben- konzentrationen hat er danach in einem Booklet mit Fotos von Arbeiten auf Tapete dokumentiert mit dem Titel "Konrads Kulturfenster – Eine Werkschau", wobei ich ihn auf dem Cover als strammer FRENCH BULLY CATCHY JO zwischen seinen Stinkstiefeln mit Blick nach oben anhimmele, wie es scheint, doch nur ein gezielter Foto- Fuzzy-Wuzzy-Trick mit Anfütterung ersten Grades steckt dahinter.

Die verschiedenen Kunstgebilde werden an Trockenspinnen aufgehängt, wobei er singt:

Kein schöner Land in dieser Zeit!

Spricht damit das Idealbild freundschaftlicher Zusammenkünfte in freier Natur an und hat sich dabei offensichtlich dermaßen vertwittert, sodass im Morgengrauen schon erste fremde kunstinteressierte Leute nebst einem Scout Einlass an der Gartentür begehren.

Jaja! Wem die Stunde schlägt, denn das ist exakt die Stunde und das Leitmotiv meines Herrchens an diesem unvergesslichen Pfingst-Sonntag, an dem besonders der adrette Scout in Sachen Kunst und Literatur quirlt.

Adrian sein Name. Er meint, malerische Küstenmotive mit Strandmord oder Wassermord zu erkennen, absolut abgefahren, absolut angesagt als künstlerisches Highlight und reif für eine Ausstellung im adäquaten Küstenambiente an der **SOMMERSONNENSEE**.

Meint er.

Whow!

Da werden subito Herrchen Konrads künstlerische Ergüsse eingewickelt in Knisterfolien.

„Dieser Ausnahmekünstler mit seinem Bully macht heuer das Rennen!", höre ich.

Meint er – wirklich.

Whow!

Wir sollen dann zusammen zur Ausstellungseröffnung an der **SOMMERSONNENSEE** in zwei Wochen folgen und können im Sommerhaus bei einer Landschaftsmalerin einige Tage verbringen.

Wohlgemerkt: Wir!

Was aktuell bedeutet, einen gewissen Vorrat an Hundefutter einzukaufen, verbunden mit einem Gang über den Wochenendmarkt am Samstagvormittag. Eine besondere Aktion, zu der sich mein Herrchen nur selten aufrafft, da eine längere Anfahrt bis zur Stadtgrenze anfällt.

Auf diesem Markt mit bäuerlichem Charakter geht für mich die Post ab, da große und kleine lebende Tiere in Käfigen oder hinter Lattenzäunen zum Verkauf angeboten werden. Mein jagdlicher Instinkt wird geweckt bei Hühnern, Gänsen und Stallhasen. Bei diesen ganz besonders, wobei ich seibere und mich in Gitterstäbe verbeiße und vor Aufregung zittere.

Ansonsten bin ich Staubsauger im Bully-Format und fresse begierig die von den Verkaufsständen herabgefallenen noch genießbaren Reste und, mal sehen, ob ich wieder in den Genuss eines Bisses in einen Pferdeapfel als absolutes Schmankerl komme.

Na ja!

Auch ohne diese Nummer ist der Marktgang ein Erfolg, da von einer Fettschwarte und einem Fischkopf gekrönt, den ich herrlich knackend zerkaue.

Hinter groben Papiertüten setzt mich mein Herrchen zackig auf der Ladefläche des Kombis ab:

„JO! Sitz! Platz! Du Bully-Stinker des Tages!"

Da höre ich einfach nicht hin, denn er stinkt gleichwohl. Stinkt sauer aus dem Hals nach dem Konsum sauer eingelegter Gurken, die er nach einem ausgiebigen Testessen in einem großen bauchigen Glas mit losem Deckel unterm Arm abschleppt und es gut gesichert zwischen den Einkaufstüten und der Tonne mit dem Trockenhundefutter abstellt. So weit so gut.

131

Während der Heimfahrt schnüffele ich ausgiebig an den Kraftpapiertüten und döse dann vor mich hin. Plötzlich ein Knall mit Reifenplatzer, eine Vollbremsung und ich werde mit Wucht wie ein Torpedo zwischen die Einkaufstüten und gegen das Gurkenglas katapultiert.

Aua!

Mit einem blutunterlaufenen Auge, bespritzt mit Essig-Zucker-Wasser extra pikanter Gewürzgurken, bedeckt von Lorbeerblättern, Senfkörnern, Wacholderbeeren und zermatschten rohen Eiern freilaufender Hühner, die ich vollends ins Abseits schiebe, werde ich aus dem Kombi gehievt, um kurz darauf auf kürzestem Wege durch den Dungweg im Garten mit dem Schlauch scharf abgespritzt zu werden. In der Tat, Wasser war noch nie mein Ding, allerdings in dieser Situation akzeptabel!

Weniger akzeptabel dann die Fahrt an die Küste. Stau ohne Ende und permanenter Essig-Wasser-Zuckergestank, der aus unerklärlichen Gründen Durst bei mir hervorruft. Dementsprechend wechseln vermehrte Autobahnstopps mit Wasseraufnahme und Wasserlassen. Auch im bedrohlichen Beisein diverser parkender Militärfahrzeuge mit vornehmlich Uniformierten mit schwarzer Hautfarbe muss ich müssen, während ein helles Kinderstimmchen kiekst:

„Mama!

Kuckma, der Bello pullert volle Kanne!"

Und:

„Mama!

Kuckma, lauta Negas!

Kommen die etwa auch aus der Mitte von WIR?"

„Quatsch!
Die kommen wirklich nicht aus der Mitte von WIR!"

„Jessika, Kind, komm her! Nix wie wech!
Hömmuht, hau den Gang rein!"

„JO!

Zack, zack!

Es geht weiter, letzte Etappe.

Ein Wort. Ein Mann. Ein Bully!

Endlich mein befreiender Sprung aus dem Kombi. Ich lande auf einem schwurbeligen Grund – etwa auf Sand? Etwa auf dem Sand in einer Sandkiste? In einer Sandkiste auf einem Spielplatz? Sofort muss ich wieder müssen! Und ich darf! Darf dürfen! Donnerlüttchen! Diese erste Erfahrung verbinde ich fortan mit **SOMMERSONNENSEE**. Dass es aber beschwerlich ist, sich auf Sand fortzubewegen, setzt bald den ersten Dämpfer. Der ist allerdings im nächsten Moment vergessen! Er schlägt je in puren Jagdtrieb um, als mein

Herrchen die Haustür des Sommerhauses öffnet und ich eine Ratte auf Flucht orte. Damit ist für mich der Tag gelaufen, ebenfalls für die Ratte...

Das Licht des neuen Tages hat es in sich: Es mobilisiert. Mobilisiert uns beide. Und schon starten wir ohne Frühstück zu einem Erkundungslauf. Durch Sand, durch Sandhügel, durch scharfe Sichelgräser, durch feuchten Sand, sodann gestoppt von platschenden klatschenden Wasserrollen, die näher kommen und sich wieder zurückziehen in eine ausufernde glitzernde Wassermasse, in die **SOMMERSONNENSEE.**

Wie bereits erwähnt: Wasser war noch nie mein Ding. Was soll ich denn jetzt machen, da mein Herrchen in diese glitzernde Wassermasse läuft, läuft und läuft, bis nur noch sein Kopf hervorschaut, aus dem es tönt:

„JO! Bei Fuß!"

Quatsch!

Ich schwimme.

Ich paddele.

Ich schniefe.

CATCHY JO, KEEP COOL!

Ich halte meine Nase hoch und meine Augen und Ohren weit offen.

Alle Hunde können von Natur aus schwimmen.

Habe ich schon mal gehört.

Hörensagen wird Wirklichkeit.

Doch Wasser mit Salzgeschmack, wer mag das denn?

Uah!

Ich würge peristaltisch Rattenreste mit Salzwasser hervor und verwünsche die **SOMMERSONNENSEE**.

„Meister Konrad!
Die Vernissage wartet", tönt Scout Adrian aus dem Telefonhörer.

Ich werde schnell unter die Dusche geschoben und höre:
„JO! Sitz!"

Es bleibt nicht aus, dass das Duschgel für eine spürbare Tiefenreinigung auch bei mir zum Einsatz kommt. Fühle meine Haut gut durchblutet, fühle mich belebt und erfrischt und, umgeben von einer Ingwer-Zedernholz-Geruchs-Wolke fühle ich mich voll und ganz wie der wilde schicki-micki-catchy JO. Besonders nach Anlegen eines formatfüllenden V2A-Kettenhalsbandes, wobei sich mein Herrchen die Hundeleine aus gleichem Material als Krawattenersatz umhängt. Hoffentlich handelt es sich bei diesem Set um eine Leihgabe!

Wir laufen dann auf der Strandpromenade im Partnerlook in Richtung eines Pavillons an Luxushotel, wo die Vernissage ihren eigenen Drive entwickelt:

FOTTOFOTTO

WUNDERBAR

BLABLABLA

KNISTERKNISTER

SCHLABBERSCHLABBER

FOTTOFOTTO

BLABLABLA

KNISTERKNISTER

WUNDERBAR

„Gratuliere zum Ausstellungs- und Verkaufserfolg!", sülzt Scout Adrian.

„Einen derartigen Totalabräumer bis auf ein einzig verbliebenes Objekt habe ich noch nie erlebt. Mit dem Bully im Partnerlook erkenne ich ein zukunftsträchtiges Corporate-Identity- Ausstellungskonzept und stoße gleich ein nächstmögliches Projekt an."

Die Antwort meines Herrchens wird übertönt von einem hellen Stimmchen, das ich mit einer entspannenden wie entlastenden Situation in Erinnerung bringe. Richtig, das war auf einem Parkplatz während der Hinfahrt!

„Mama!

Alle Bildas sind wech!"

Und:

„Mama!

Kuck dich dem Bello sein Halsband an, boah ey, endgeil!"

„Hömmuht!

Der letzte Delüx-Flatter da hinten, äh, datt is watt für Tante Matta!"

„Mama!

Echt süß der Bello!"

Ah!

Ich fühle mich gebauchpinselt.

„Biggi!

Glaubse die Künstlatapete passt inne Voliere von unsere Tante Matta?"

„Mama!

Der Bello riecht suupa!"

Ah!

Wir kommen uns schon näher.

„Klaro! Wenn die Vögels dran scheißen, wäxt die Kunst!"

„Mainze wirklich?"

„Jau!"

„Hömmuht! Dann is datt der Bringer. Einpacken, wa?"

„In echte!"

KNISTERKNISTER

FOTTOFOTTO

BLABLABLA

„Sie als Künstler haben den passenden Hund!"

„Wie bitte?"

„Autfitmäßig, äh!"

„Aber hallo!"

„Watt fürn Namen hatta denn?"

„JO!"

CATCHY JO, KEEP COOL!

Sonst wachse ich gleich über mich selbst hinaus!

„JO!
Komm, wir tollen herum!"

Das lasse ich mir nicht zweimal sagen!

Herumtoben mit einem zweibeinigen Hüpfer finde ich toll!

Toll, toll, toll…

„Da sinze mit Hund son richtig toftes Künstlagespann!"

„Klar wir Klärchen, so isset!"

„Hört sich an wie inne Mitte von WIR!"

„So isset!"

„Boah ey! Dann sintwe Nachbarn. Istat nich zum Kaputtlachen?"

ENDE VON SOMMERSONNENSEE

6

GADDADAVIDA

Heute beginnt mein Tag nicht mit literarischen Versatzstücken – weder mit der Angst des Tormanns beim Elfmeter noch mit dem ewigen Singen der Wälder. Heute beginnt der Tag stattdessen mit einem Mistviecher-Quiz, in welches mein Herrchen Konrad sich vertieft und darüber meine Fütterung mit dem neuen BELLO KING-Hundefutter vergisst.

Immerhin befinde ich mich bereits im fortgeschrittenen Alter und brauche vermehrte Unterstützung bei meinem intensiven Stadtleben, in dem hupende Autos, knatternde Motorräder, dröhnende Lastwagen und permanente Abgase mir zunehmend zusetzen. Ich benötige unbedingt Unterstützung für meine komplexen Hirnfunktionen, wobei ausschließlich gesiebte Antioxidantien ausgewählter Nährstoffe aus dem Beifang im Nordostatlantik im neuen urbanen Hundefutter enthalten sein müssen.

Geduldig mache ich mich breit und lang zwischen den Lederslippern meines Herrchens Konrad, strumpflos getragen wegen warmen Sommerwetters, im Ansatz komatös duftend wie einlullend und einschläfernd, wären da nicht seine lauthals beantworteten Quiz-Ergebnisse zu hören:

„Die Assel ist:

A Ein Krebstier.

B Ein Schnurfüßer.

C Ein Doppelfüßer.

Ah!

Ein Krebstier."

„Wie hoch kann ein Floh springen?

A 3 cm.

B 20 cm.

C Hoch wie ein Hochhaus.

Ah!

20 cm."

„Wie lange lebt eine Fliege?

A 17 Tage.

B 22 Tage.

C 10 Jahre.

Ah!

17 Tage."

„Wer sticht bei den Mücken?

Herr Stechmücke.

Frau Stechmücke.

Tante Stechmücke.

Ha!

Tante Micksa Stechmücke!

HA-HA-HA!

HA-HA-HA!"

Ich fahre hoch.

Muss müssen.

Mache mich auf den Weg in den Garten.

Mein Ausflug durch die Hundeklappe in den Dungweg ist nur von kurzer Dauer.

Bin merkwürdig schlapp.

Also:

Kurze Wege – Mittelfeld.

Wie beim Fußball.

Hinterm Blockhaus spielt die neue Musik.

Höre Hochton-Gesumse.

Ein riesiges gelbbraunes geflügeltes Mistviech umschwirrt mich.

Woher?

Startete gerade aus einem Erdloch, in dem ich weit vormals eine Ratte aufspürte. Springe über das Erdloch, werde direkt angeflogen und in den Rücken gestochen.

Rolle mich auf den Rücken und wälze mich.

Über mir eine Wolke weiterer aggressiver Mistviecher.

Umschwirren mich.

Stürzen sich auf mich.

Stechen mich.

Überall.

Schmerzen.

Überall.

Bin gelähmt.

Blitze zucken.

Bilder zucken.

Gedanken zucken.

Bin gereift.

Bin der prächtigste und vollkommenste Hund.

Bin ganz Ohr beim Gemunkel zwischen Wand und Tapete.

Und überhaupt:

Wieso wispern Wassermoleküle?

Wieso knistert Kefir beim Sieben?

Bin bleischwer.

Falle.

Falle.

Falle.

Dann:

Stille.

Stille.

Stille.

Als ob mein Herrchen Konrad mir Watte in die Ohren stopft.

Aber... Ohne das Summen im Kopf zu hören!

Aber... Ohne das dumpfe Sausen auf den Trommelfellen zu hören!

Und die Stille wickelt alles ein.

Und die Stille breitet sich aus.

Und die Farbe Weiß verblasst.

Und Grauschleier folgen.

Und gehen über in die Farbe Schwarz.

Mit zehn Verboten im mentalen Gepäck hebe ich ab in mir unbekannte Gefilde.

Zeit zählt nicht mehr.

Zehn Verbote zählen auch nicht mehr wie:

Nicht im Bett schlafen!

Nicht im Weg rumliegen!

Nicht betteln!

Nicht an der Leine ziehen!

Nicht haaren!

Nicht wälzen!

Nicht schütteln!

Nicht andere Hunde beißen!

Nicht laut bellen!

Nicht den Gehorsam verweigern!

Auf weichem Gras komme ich wieder zu mir und vernehme eine angenehme Stimme im Dolby-Surround-Klang:

„Hallo JO!

Willkommen im GADDADAVIDA!

Du hast dir deinen Platz im Hundesektor nach einer langen Reise sehr wohl verdient. Hab keine Angst mehr vor stechenden Mistviechern. Die sind in einem weit entfernten Stechtiersektor untergebracht.

Hier im Hundesektor wirst du bald Bekanntschaft machen mit deinesgleichen, die dir dieses Universum erklären, während das Dach der Bäume deinen Stammbaum umschließt. Du ruhst jetzt in ihm in sicheren Grenzen und in wohligen Umarmungen deiner Vorfahren."

148

„Das hört sich ja super an!"

„Na denn…!"

Ich werde wieder müde und will schlafen. Ich mache mich lang mitten im GADDADAVIDA. Vorher schüttele und wälze ich mich und belle laut und liege dann schön im Weg rum.

So!

Das reicht für den Anfang.

Morgen geht's weiter im GADDADAVIDA.

Ende gut!

Alles gut!

7

HOTTOHOTTO

Mein Herrchen Konrad hat für einen besonderen Event eine Anzahl riesiger Masken geschaffen und er postuliert, dass das Faszinierende dabei die Tatsache ist, dass die Masken menschliche überlebensgroße Charaktere mit ihren Leidenschaften verkörpern.

Masken, schon wieder Masken!

Scout Adrian gerät bei der neuen Formen- und Farbenvielfalt außer Rand und Band und, wie aus der Pistole geschossen, skizziert er das nächste Happening:

„Für die Fernwirkung berechnet, entfalten die Masken hier im verhältnismäßig kleinen Atelierraum eine unerhörte Wirkung. Sie verlangen nicht nur sofort nach einem Kostüm, sie fordern vielmehr vollen Einsatz, nämlich: Handlung, Spiel und Action [*ækshan*]! Denn die motorische Gewalt dieser Masken teilt sich mir in frappierender Unwiderstehlichkeit mit."

Und weiter:

„Wo sind die verbliebenen Hunde-Capes? Damit will ich mich behängen, die geladenen Gäste und die Bullys behängen, will den Gästen Impulse vermitteln, will das Außergewöhnliche, das Absurde als Signum alberner Naivität vermitteln, ja, jedes Versteckspiel, dem eine faszinierende Kraft innewohnt, mutiert dabei inmitten enormer Unnatur und erscheint als das Unglaubliche bis zur Selbstauflösung, wobei hundert Gedanken gestreift werden, ohne sie namhaft zu machen."

Mein Herrchen Konrad ist perplex. Er holt schnell aus einer Kiste für allerlei Buntes die verbliebenen maßgeschneiderten Hunde-Capes mit MABOMONGO-Abbildungen hervor, macht den Fotoapparat schussbereit, wird jedoch jäh in seinen Aktivitäten vom Klingelton seines Handys gebremst. Er nimmt den Anruf entgegen und…

Aha!

The Voice!

Tante Micksa!

Tante Micksa in Aktion!

„Krummbein ist ausgebüxt. Ist er vielleicht durch die Hundeklappe in Ihren Garten gelangt?"

„Ich werfe mal kurz einen Blick durch die Panoramascheibe. Tatsächlich, er drückt sich seine Nase daran platt und dicht neben ihm steht auch Renate. Sieht nach einer Peepshow für Bullys aus."

„Was passiert denn gerade im Atelier?"

„Scout Adrian möchte dazu ein kurzes Statement abgeben."

„Ich schalte mein Handy auf lauten Empfang, dann kann auch meine Schwester Euphemia mithören!"

„Das ist eine gute Idee!"

„Hallo, hier spricht Adrian!
Wir üben gerade unter den neu kreierten Masken vom Maestro Konrad unser nächstes Happening für eine besondere Abendvorstellung."

„Und warum drücken sich dabei Krummbein und Renate ihre flachen Nasen an der Panoramascheibe noch flacher – geht da gerade tierisch was ab?"

„Na und ob!
Für die Fernwirkung berechnet, entfalten die Masken hier

151

im verhältnismäßig kleinen Atelierraum eine unerhörte Wirkung. Sie verlangen nicht nur sofort nach einem Kostüm, sondern sie fordern vollen Einsatz, Handlung, Spiel und Action [*ækshan*]! Mit den restlichen Hunde-Capes habe ich mich behängt und den Bully JO bedeckt. Und jetzt laufen wir gemeinsam auf allen Vieren vor den Masken hin und her, während ich belle und während Bully JO knurrt und schnieft."

„Hoffentlich hat er vorher Wasser gelassen!"

Aha!

The Ultra-Voice!

Schon wieder Schwester Euphemia in Aktion.

„Wird hier gerade versucht, vom aktuellen Thema abzulenken?"

„Von welchem Thema?"

„Vom Versteckspiel, dem eine faszinierende Kraft innewohnt, und wobei hundert Gedanken gestreift werden, ohne sie namhaft zu machen."

„Die Nummer mit den dicken Ostereiern damals fand ich origineller."

„Jetzt greift die nächste Stufe, denn die Masken verlangen, dass die Anwesenden sich zu einem absurden Tanz mit Einbeziehung der Tiere in Bewegung setzen."

„Haben die Ironien soeben neue Luft in den Raum gelassen?"

„Könnte passen, denn wir bewegen uns jetzt erdnah auf allen Vieren, und dabei entsteht oben neuer Platz für Frischluft. Bei der nächsten Soirée gilt es genau das herauszufinden – und dafür benötigen wir baldigst weitere fünfzig Hunde-Capes."

„Das werde ich gerne weitergeben an Frau Schnabel aus dem Haus der aufgehenden Sonne – und wie lautet das Motto dieser Buffonade?"

„Wir denken an eine Art Grazienkür auf allen Vieren mit übergoldeten Hunde-Capes und Masken sowie in zeugungsfroher Verbundenheit mit einem Kinderwagen, während wir das neue Kind der Kunst laut rufend begrüßen mit: HOTTOHOTTO!"

Ende

KURZVITA

BIBLIOGRAFIE

IMPRESSUM

Jo Ziegler Kurzvita

Im Ruhrgebiet 1949 geboren

und dort lebend. Bildender

Künstler und Autor einer

großen Revier-Chronographie

in drei Romanen mit dem

Buchtitel Die Ruhr-Trilogie

2008 und 2010 erschienen im

Schreibhaus Verlag Bochum

Ab 2010 Reaktionsmitglied

bei www.kulturproramm.de

Ab 2013 Veröffentlichungen

in der Edition Bärenklau Berlin

Ab 2014 Veröffentlichungen

bei Beam eBooks

Ab 2016 Veröffentlichungen

bei BoD

Ab 2018 Veröffentlichungen

bei TWENTYSIX

und

bei TREDITION

Bücher von Jo Ziegler:

https://www.amazon.de/Jo-Ziegler/e/B00MD912NU

WEITERE   BUCH - VERÖFFENTLICHUNGEN

2014 Großer Mann/kleiner Mann: Erlebnisse aus der Nachkriegszeit – vom zerstörten Ruhrgebiet bis nach Berlin, Edition Bärenklau / München: BookRix e-Book

2015 Herrenschmitt...und ich! Edition Bärenklau / amazon

2016 Zweite überarbeitete Auflage Die Ruhr-Trilogie: Eine große Revier-Chronographie in drei Romanen: BoD Als gebundene bibliophile Ausgabe und als e-Book

2017 Soko Sokolowski, 2017 BookRix Verkauf durch: Amazon Media S.à r.l. ASIN: B06WVDYRLJ

2018 (Februar), Glocken-Heim, TWENTYSIX ISBN 978-3-7407-4418-2 und als e-Book

2018 (April.), Die Kalahari lebt, TWENTYSIX ISBN 9783740744731 und als e-Book

2018 (April), Zwei kantige Kerle, TWENTYSIX ISBN 9783740735876 und als e-Book

2019 (Januar) Omas kleines Häuschen, TREDITION Zweite überarbeitete Auflage 978-3-7482-5071-5 (Paperback)

2019 (Juli) Mega Maschinsky Storys, TREDITION 978-3-7482-6640-2 (Paperback) 978-3-7482-6641-9 (Hardcover) 978-3-7482-6642-6 (e-Book)

Pressemitteilung vom 15.08.2019

Reale und fiktive Elemente verdichten sich in diesem Buch zu bizarren Kurzfilmen, aus denen man zwar gerne ins normale Leben zurückkehrt, aber in denen man sich zu gerne für eine Weile verliert, um sich prächtig und ein wenig bizarr unterhalten zu lassen. Man kann nie wissen, was einen in der nächsten Geschichte erwartet, denn gemeinsam haben die Handlungen nur eines:
Sie überraschen, sind anders als durchschnittliche Kurzgeschichten und beschäftigen sich mit ausgefallenen Themen.

IN ANTHOLOGIEN

Rabe und Fuchs
Best of Wort-Café 2012
Cenarius Verlag Hagen 2012
ISBN 978-3-940680-56-3

Die Akte Bernhard Scherer
Die Kälte jenseits der Träume
Phantastische Erzählungen
Hrg. Jörg Martin Munsonius Alfred Bekker
Verlag: BookRix 30.09.2015
ASIN: BOOJRAN8XK

Grüne Smoothies
4. Bubenreuther Literaturwettbewerb 2018
Anthologie, Tredition Verlag 2018
ISBN 978-3-7469-9245-7

Autorenfoto: Jo Ziegler 2015 auf Halde Haniel

IMPRESSUM

Bibliografische Information der Deutschen
Nationalbibliothek:

Die Deutsche Nationalbibliothek verzeichnet diese
Publikation

in der Deutschen Nationalbibliografie, detaillierte
bibliografische

Daten sind im Internet über dub.dub.de abrufbar.

www.tredition.de

Herstellung und Verlag:

www.tredition.de

978-3-347-00747-5 (Paperback)
978-3-347-00748-2 (Hardcover)
978-3-347-00749-9 (e-Book)

Zeitfracht Medien GmbH
Ferdinand-Jühlke-Straße 7
99095 Erfurt, Deutschland
produktsicherheit@kolibri360.de